備位冥使
見習いグリム・リーパー

劉袒謹

十八歲，大一新生，冥使事務所・劉分部的分部長。

口頭禪
無巧不成書嘛！

外表
平時總是冷淡面癱的表情，看似具有神祕莫測的高人風範，偶爾還會笑笑説著別人聽不懂的話。

裝扮
一頭疑似怎麼剪也剪不短的過肩黑色長髮，身著冥使制服黑色大風衣，內穿淺咖啡色帽T，帽T中間有個大口袋，可以把雙手塞進口袋裡，下半身是淺灰色牛仔褲。
左手印記的位置配戴繡有「劉」字的白色皮手套。

武器
業鏡。
大約一個男人手掌大的圓鏡，正面鏡面是黑，反面鏡面是白色，分別代表善與惡。業鏡有個金色蓮花紋的裝飾外框，上面有代表六道輪迴的藏文。

備位冥使
見習いグリム・リーパー
姜仲寒

十八歲，皇甫洛雲的好友，目前因為家庭事故而失蹤中。

口頭禪 ……（皇甫洛雲：喂！他怨化後通常只會冷淡的看我啊！）

外表 身材比皇甫洛雲略高、略壯，原來是個愛開朗大笑，為他人打抱不平的好兄弟；但被怨氣操縱之後完全相反，不苟言笑、面容冷酷，殺人不眨眼。

裝扮 有著一頭自然捲的短髮，頭髮染成暗紅色。身穿有領黑色薄夾克，周圍有怨氣和怨靈化成的黑色煙霧盤繞，也有部分怨氣會化成黑霧狀的斗篷大衣，腰部掛著一串鏽蝕的鈴鐺。

武器 怨氣化成的黑色鐮刀，表面有點金屬鏽蝕，看起來有點破破爛爛，被砍中者會被怨化或消散。不知來歷的鈴鐺，疑似可召喚惡靈。

備位冥使
見習いグリム・リーパー

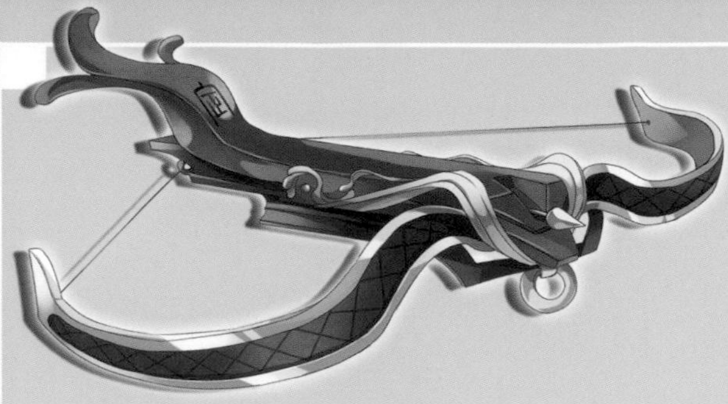

蕭安聞

十九歲，封寧大學二年級，皇甫洛雲的直屬學長，
亦是冥使事務所．蕭分部的分部長。

口頭禪 事在人為吶！

外表 一頭俐落短髮，配戴黑框眼鏡。
習慣性扒抓頭髮、半瞇著眼，
平常給人個性認真、好說話的印象，
但有時也會露出有點小心機的表情。

裝扮 身穿冥使制服黑色大衣，內襯衣袍是淡藍色POLO衫，
左手戴白色手套，上面有「蕭」字。

武器 飛針弩。尺寸約是蕭安聞小臂的大小，
古風造型，可抽魂、定魂，以及控制魂，弩上有個「定」篆體字。

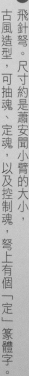

三日月

三日月

輕世代
FW075
備位冥使
見習いグリム・リーパー
IV
因果輪迴
DARK櫻薰 著
LASI 繪

備位冥使

楔子・異常事件，總有源頭

俗話說得好，解鈴還須繫鈴人，一切的事件總是會有其源頭，更別說是充滿著異常難解的事件背後若是沒有黑手，萬般都是巧合，這個或然率也高得嚇人。

某處高樓的頂樓上，一名黑衣男子揚起一抹不明顯的笑意，他的右手緊握鏽蝕的一串鈴鐺，左手則抬起，手背上亮起黑白交錯的六瓣花印記，掌心向上一翻——

一面手掌大小的鏡子霎時浮現而出，這是一面雙面鏡，正面為黑反面為白，鏡子邊框有金色蓮花紋的裝飾，蓮花上頭還有藏文符號，鏡子散發淡淡金光，給人一種無法侵犯的莊嚴感。

鏡子被男子手掌握住的瞬間，泛起了純淨的白光，令男子忍不住皺緊了眉，持鏡的左手也在這時鬆開。鏡子卻沒有落地，飄浮在半空中，而男子的掌心多出與鏡子一樣大小的灼傷痕跡。

看著手上的灼痕，男子冷冷哼聲。

男子低下身，改成左手虛托，將鏡子升回肩膀的高度之後，右手的黑色鈴鐺就朝鏡面抵去。鈴鐺與鏡子沒有傳來預期的撞擊響聲，反而沒入了鏡子之中。

當男子將手收回，鏡子的光芒忽明忽暗，並不如他所想直接全黑。

男子冷冷哼聲，這次揚手朝鏡面射出一把半透明的針，直到群針皆被鏡子吸納之後，瞬間，白光消退，轉成一片黑漆漆的鏡面。

男子又揚起一抹得逞的笑，將鏡子拋上空，直到鏡子到了某個定點，與雲同高時赫然停住不動，像塊磁鐵似地，吸引無可計數的怨氣惡靈迅速向上攀升包圍鏡子，形成一團翻滾不休的怨氣雲體。

待怨氣雲體形成後，凝結出黑色的水珠，雲朵一滴滴降下黑色雨滴。

男子看見化為雨滴的黏稠怨氣落入了地面，侵蝕土地，附近未歸地府的靈體被怨氣雨滴沾上的瞬間，生前的執著也被放大——

「不想死。」

「我好冤。」

「為什麼死的人是我，而不是他？」

「我想要回家……」

男子側耳傾聽，耳邊瀰漫著底下眾生各種喧囂與怒罵，更多的是對人世充滿倦怠以及憎恨，他們發狂得想要做點「什麼」。

惡念持續爆發，漸漸在人間引起更大的怨氣漩渦，漩渦再被捲入上方的怨氣雨雲之中，隨即擴大。

男子滿心愉悅地看著自己的成果，放任自己在怨氣雨裡，被雨侵染滿身——對他而言，這些增幅人們和靈體的怨氣對他毫無影響，因為他心中的怨懟早已發芽茁壯，這點小增幅根本不痛不癢。

千算萬算，他終於算到了這一天。

看著如今確定的成果，他的心裡只有舒爽這兩字可以形容。

男子緩緩抬手輕推黑框眼鏡，臉上的得意還未退掉，異變突生。他皺緊雙眉，微低著頭看著自己出現異樣的左手：不知何時，他的手指止不住地顫抖，指尖也慢慢地染成黑色。

他嘖聲，吐出冷然的話音，「劉昶瑾還在掙扎嗎？」

已經被他置在空中的鏡子，彷彿也應他所言在雨雲中央發出白色光點，男子眼簾微低看著左手的花印記閃著不穩定的光彩，哼聲道，「沒有讓他一刀斃命果然是錯誤的。」

男子將左手揮下，鏡子也在這瞬間消失不見，隨即他轉身揚起右手，一名紅髮的青年再度出現。

「劉昶瑾。」

男子對青年吐出鏗鏘有力的話音，青年抬起眼簾回道：「主人，殺了他？」

「下手不乾淨，要俐落一點呀！」男子目光直盯青年地說。

他以為劉昶瑾早該死透，卻沒想到讓他抱著殘命脫逃。

青年是因為認識而無意識地手下留情？

這也不太對，畢竟青年現在只是個冰冷無情的人偶，沒什麼記憶，算了。「快去吧！」

聽見男子的催促，青年瞅了男子許久，腳步向後一踏，身影沒入那黑色的陰間道路之中。

現在青年已去收尾、怨氣種子已經撒下，距離正式收割只需要一段時間，男子想到人間混亂過後，惡念沉入冥府的慘況，他就滿心期待，想要直接看到那煉獄在他的眼前顯現而出。

「不過速度還是有點慢……」男子不滿仰頭看著怨雲，喃喃自語。

畢竟還有冥使在一旁伺機而動，實在礙眼，等等，假如怨氣擴散過多的話……

男子思忖至此，他漾起一抹笑，左手揚起，花印記耀起燦爛白光，一把連弩驀地浮現。弩上半透明的針耀出冷冽白光，他抬弩對向上方，眼睛眨也沒眨地扣下扳機。

無數枝半透明的針霎時迸射而出，倏地沒入怨氣雲海裡，使雲內的怨氣膨脹，猛地爆裂成更濃更小的怨氣雲煙，隨著爆炸風而擴散，飄得更遠。

「哼，一切才正要開始！」

男子哼聲一笑，甫一甩手，手中的弓弩霎時消失，隨即，身影也沒入黑暗之中。

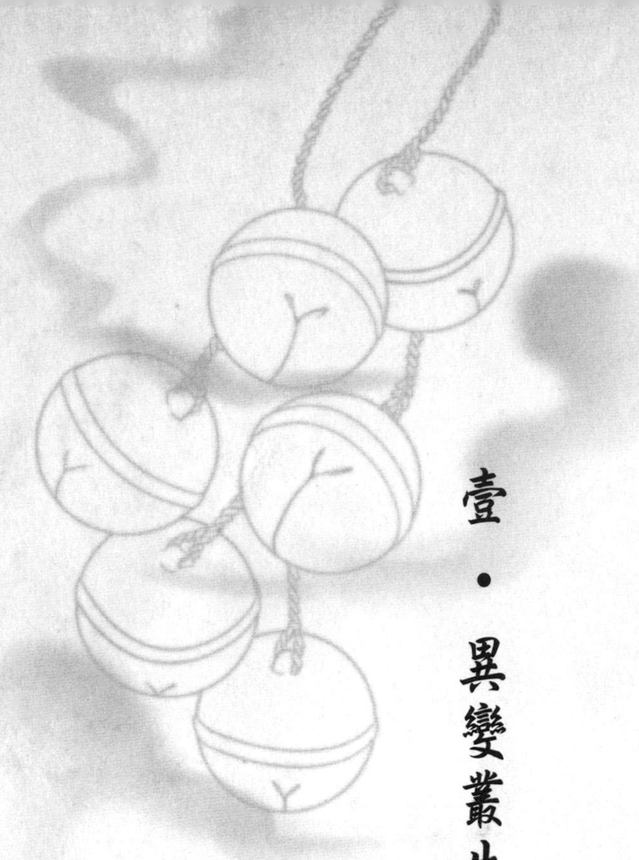

壹・異變叢生

連番事件帶來的打擊讓皇甫洛雲難以承受，本已勞累的他聽到消息的當下就昏倒了，等到他重新睜開眼簾，卻發現自己身處在意料不到的地方。

遇上慘痛教訓反而會看到新世界？皇甫洛雲沒有想到他居然會出現在古董店內，但並非是皇甫洛雲熟知的古董店模樣。

記憶中、以及爺爺過世後，他所看到的古董店是破舊雜亂、堆疊各式物品給人很老舊感覺的店鋪，而這古董店太乾淨了，一塵不染像是有人每日清掃一樣。

是作夢，還是又掉入奇怪的幻境？皇甫洛雲納悶地張望查看，「怎、怎麼一回事……」摸不著頭緒的他，不經意瞥向左手，赫然發現左手手背上驀然浮現花印記，讓他忍不住皺緊了眉。

難道又是冥鐮？這次冥鐮想要跟他說什麼？

但在這節骨眼上，他被拖入冥鐮的記憶之中究竟是什麼意思？冥鐮不放他出去，他也難以脫出，只能靜下心來讓自己繼續看下去。

思及至此，皇甫洛雲閉上雙眼，打算深吸口氣。眼簾剛閉上，他的耳邊就不斷傳來潮水的聲音，忽遠忽近無法捉摸，他疑惑地立刻睜開眼，發現自己又被轉移到另一處沒見過的詭異地方。

說是詭異，是因為他站在如鏡面一樣反光的湖水上，沒有沉下去，水面波光粼粼，煞是漂亮，卻暗藏莫名的危機，氣氛令人覺得十分壓抑。

他納悶地張望附近，方才他不是在古董店？怎麼猜測跟冥鐮有關後，自己便來到怪異的地方？

正當皇甫洛雲無措之際，一顆手掌般大、透明如水晶的多角結晶體出現在幾步以外的湖面上。

這是什麼東西？難不成眼前這結晶會是冥鐮的靈？

俗話說，萬物皆有靈，屋有屋靈、物必然有物靈，貴為冥府三樣冥器之一的冥鐮，若是內中沒有潛藏器靈一定沒天理。

畢竟他夢到那些有的沒的，十之八九都是冥鐮造成的，冥鐮有辦法讓他看到那些理應不屬爺爺的記憶，還有偶爾竄入腦中與之同步的姜仲寒現況，從這些跡象可以判斷出冥鐮內中必定有器靈這項推論。

皇甫洛雲還在推想些有的沒的時候，湖水上霎時落下點點白芒，光點如靄靄白雪一般，從上方緩緩落下。

皇甫洛雲抬起手觸著白雪，雪卻從他的手上穿透而下，落入湖面之上。

結晶碰到如雪白芒後高速轉動，化作一抹白色火燄，霎時白燄亮起，周圍的雪下得更重。

「你要我看什麼？」

皇甫洛雲詫異地看著這般場景，不免懷疑冥鐮的用意，冥鐮有器靈已經是確定的，但對於眼前的冥鐮之靈，皇甫洛雲抱持著「保持距離，以策安全」的心思。若是他遇上會奪舍的器靈，他的身體被搶了那可就糟了。畢竟從他持有冥鐮到現在，好事全無，壞事一籮筐。

冥鐮彷彿感知到皇甫洛雲的猶豫，那抹白燄飄到他的眼前。白燄如燭光般搖曳，像是不打算理會皇甫洛雲的自我意識，直接在他的腦海給予一記重槌！

一陣刺疼，皇甫洛雲的意識馬上被中斷。意識重新連結時，他的眼前剩下一片黑暗，只有探照燈般的光芒從上方照下，現出了三項物品的影像。

那是可以將一切映照而出的黑白雙面鏡子、可以掌握人之生死的黑白書籍，以及可以斬斷一切罪惡的雪色鐮刀。

應該是業鏡、生死簿和冥鐮，據說鎮守冥界的三項重要之物？

皇甫洛雲看得十分專心，卻看不出所以然來，這讓他深深懷疑是冥鐮刻意捉弄他還是有想要對他說些什麼？幹嘛不直接顯現而出？

疑惑浮現在心頭上，而此時這苦苦等候也終於有了答案。

三冥器的後方出現了屬於人的黑色剪影。黑色剪影的服裝樣式並非是他所熟知的冥使制服，而是某種古時衣袍。

在這一瞬，皇甫洛雲頓了一下。他怎麼會知道那衣服的樣式呢？人形剪影明明看起來像是一塊只有輪廓的黑布，他卻可以直接分辨出那三個黑色剪影的服飾！

他看著剪影，直覺那應該是三冥器前代持有者的模樣。他會這樣猜想，主因在於生死簿後方的剪影分明是男子身形，與文陸儀相差了十萬八千里。

果不其然，生死簿的剪影霎時顯現出它的模樣，那是冥府判官，在與文陸儀器具共鳴時所瞧見的判官。

他再將目光移到業鏡上面，但沒有如他所想，當黑色退去，業鏡的持有者模樣依舊是一個難以辨認的模糊輪廓。

呃……看不清楚就算了。

那冥鐮的前代持有者是誰呢？說不好奇是不可能的，打從皇甫洛雲知道手中持有的器具就是冥鐮時，他就很想知道冥鐮的前任持有人到底是誰，為何如此重要的冥鐮又會落到他手上。

當冥鐮後方的剪影現出樣貌時，皇甫洛雲瞪大了眼睛，詫異到腦袋完全空白，連思考的能力也被拔除乾淨。

那是一名身穿白衣、緊閉雙眼的青年。

為什麼？怎麼也沒想到，冥鐮的持有人樣貌居然是……

「我？」

皇甫洛雲吐出了答案，音調怪異，融合著各種複雜的情緒。這就是冥鐮之所以要寄放在皇甫古董店，以及他自己與冥鐮之間的聯繫主因？誰叫他就是原主！

但也有可能這一切是冥鐮捏造出來的，刻意用這方式逼迫他去默認它的存在。

畢竟再親厚的人，也有問題。皇甫洛雲難過地想到蕭安聞的利用，以及劉昶瑾的欺瞞……明明他是劉昶瑾的朋友，劉昶瑾卻不曾主動對他說過自己的情況，完全將自己抽離出所有人之中，以旁觀者的身分觀察所有的人。

當他從文陸儀的口中聽到了凶手是蕭安聞以及劉昶瑾之所以被人重傷的主因，其實他很氣，但更多的是無奈與難過。

周圍的人都在利用他，所有人都知道答案，而他是最後一個才知道的，這樣的感覺讓皇甫洛雲很痛心。

可是人心與人性就是這樣。在從事冥使工作後，他早該了解冥使工作是雙面刃，柳逢時耳提面命、連殷鳴的行動更是讓他了解到冥使的職責並非表面上「捉魂收怨」這麼簡單，更別說是連殷鳴還真的「以身作則」給他看了。

皇甫洛雲的情緒這時已起伏得厲害，左手花印記卻又自行泛起了光芒，一幕幕的幻象在他眼前流轉，景物躍動。他看著各種影像的碎片無聲閃動，默默呈現冥鐮所接觸的人事物，以及他已不記得卻覺得熟悉的經歷，紛紛流入皇甫洛雲的腦海裡，久久無法散去。

這一回，不同以往的夢境，龐大的資訊量一口氣鑽入皇甫洛雲的腦海裡。

天啊，這這這真的太恐怖了！

……好吧，看完更多的前因後果，他暫時相信自己真是冥鐮前代的持有者，只因為冥鐮持有人，從古至今唯獨一人能使用，冥鐮的主人從未換過。

只是看完這些「經歷」之後，他有更多的疑惑，無法冷靜呀——他為何會從地府失蹤？為什麼獨獨這段經歷無法顯現出來？

不過冥鐮像是了解皇甫洛雲終於「相信」了，這才終於放過皇甫洛雲，白色的燄光跳動，化作一把雪白色鐮刀。

皇甫洛雲抬手用力握住冥鐮的刀柄，周圍的世界霎時化作齏粉，而他也終於脫離了這個幻境。

眼簾緩緩睜開，皇甫洛雲發現他躺在自家床上，終於不再被困在幻境了。不過剛醒，腦袋仍昏昏沉沉，讓他不得不再躺一下。

等到身體好了一些，皇甫洛雲這才起身，看著自己安然地待在家裡，應該是被柳逢時他們送回來的吧？

面對這般緊急時刻，應該是要他跟著大家一起處理眼前的危機，而不是讓他悠哉睡覺……情緒稍做調整後，著急的皇甫洛雲揚手召出冥鐮，一刀斬開陰間路，立即跳入其中——

「唷！皇甫小弟，你醒來啦！」

甫一跳入，就瞧見柳逢時唇中溢出這爽朗的招呼聲，讓皇甫洛雲愣了一下。

……笑得這麼爽朗是怎樣？敵人不是都殺進來了？

柳逢時見狀，揚起笑容，輕鬆說道：「怎麼，我一定要用哭喪的臉面對大家，這才比較符合現況嗎？」

「……沒有。」皇甫洛雲搖頭說，「只是在想我怎麼會在家裡。」他決定先隨便找個理由提開頭。

「現在分部有點亂，沒辦法收留一個昏倒的人。」柳逢時說到這裡，抬手朝門口方向比去，「別忘了我們這裡有兩位重傷患。」

想到劉袒瑾和連殷鳴，皇甫洛雲擔憂問道：「鳴他們還好吧？」

「死不了，不用擔心。」

柳逢時笑咪咪地說出這一語雙關的話語，皇甫洛雲瞬間無語，轉移話題，「我昏了多久……外面好像已經是晚上了？」

醒來打開陰間路前往柳分部時，皇甫洛雲有朝窗外瞥了一眼，外頭漆黑一片，但他卻覺得暗得很奇怪。

「沒有很久，也才兩三小時而已。」柳逢時看著桌上的文件，揚手一揮，文件霎時消失。說到這裡，柳逢時瞅著皇甫洛雲，微微一笑，「我還以為你醒來之後會直接大吵大鬧的，挺意外我會有猜錯的一天。」

「分部長，一連串的好幾個驚嚇，我還嚇暈了呢……醒來自然就淡定了呀！」

皇甫洛雲賞了柳逢時一記大白眼，刻意將冥鐮告知他的一切隱瞞。與其花時間怨天怨地怨人生，不停地追問為什麼，還不如認真面對將眼前的危機解決掉再說。他接著開口問道：「學長……學長對阿昶下手的動機你們知道嗎？」

「還在追查。難得宓兒調查會碰壁，這次會稍微換一下別的行動方針。」柳逢時說到這裡，輕彈響指，一杯裝滿茶水的杯子驀地浮現在他手上，他先喝口水又道：「這次追查項目必須是同時找出蕭安聞下落和你那同學的行蹤，我想你應該非常地希望自己能夠全部包攬，但很抱歉……要分頭同時進行了，現在事態緊急呀！給你看看外面是什麼樣子，由不得你單獨亂來。」

柳逢時嘆了一口長氣，不再多言，打開抽屜拿出冥鏡將它往上拋，冥鏡憑空轉了一圈落在半空中。

冥鏡顯現出影像，天際一片昏暗，烏雲密布，透出陣陣黏稠的怨氣黑霧，黑霧又形成雲團凝出黑色雨滴，從天空中落下。

帶著怨氣的雨滴侵蝕著人間，挑起活人與亡靈深埋心底的執念，不滿和憎恨操控了他們的意志，致使他們四處為非作歹。

皇甫洛雲看著那段影像，久久難以言語。這也難怪他看到窗外景緻時會覺得不舒服，原來那些都是怨氣！

「現在外面都是這樣？」

「可以預料得到冥使們會忙得焦頭爛額，就算查得到源頭，也不知道何時才能清乾淨吧？」柳逢時微微一笑，輕鬆地說。「現在業鏡又被人搶走，非同小可，至於嗚嘛……器具毀了是吧？」

皇甫洛雲聞言，用力地嚥下唾沫，緊張道：「對……嗚他會怎樣？」

瞧那時連殷鳴走得瀟灑，連殷鳴似乎對自己的結局十分確定。

皇甫洛雲也忍不住擔憂起劉袓瑾和連殷鳴。畢竟冥器對冥使的意義重大，劉袓瑾手持三冥器的業鏡，但業鏡卻被蕭安聞奪走。前有連殷鳴這個案例，後有劉袓瑾的狀況，真糟糕……

「嗚沒事。」柳逢時像是要安慰皇甫洛雲，擺手說道：「嗚他也想得太悲觀，就算器具化為粉末，只要還有辦法修復，又有我擔保，下界不會計較這件事的。」

「可是……」器具耶！現在世間能用的器具這麼少，冥使手中的那件器具說不定就是唯一適合自己的武器。

就算修……現在人世間能夠修器具的人，短時間內上哪找？

「我這裡倒是還有一兩件嗚勉強能用的器具。你也不用太擔心嗚，現在還是先把重點放眼前的危機吧！」柳逢時眨眼，將滯留在空中的冥鏡收回，「其實呢……我們時間算得也挺剛好，該說是萬幸，業鏡被劫，每個人只注意到劉袓瑾是被誰打劫，其他小雜事自然也不會想關注。」

「外面那樣有人處理嗎？」面對怨氣雨雲，皇甫洛雲格外擔憂。怨氣引發的事件非同小可，這雨再降下去，只怕人間會化作煉獄無法恢復如初。

「我不是說，冥使們會忙到焦頭爛額？」柳逢時輕笑道，「外面就交給其他分部處理吧！畢竟都是冥使，再怎麼不濟，也不會爛到哪裡去。只是蕭安聞搶走業鏡動機未明，要動手調查時，每個分部上自分部長，下至部員冥使，這時才全都恍然大悟……他們根本『不認識』蕭安聞呢！」

柳逢時怪笑出聲，直接從座位上起身，走到皇甫洛雲的身前，露出一抹狐狸般的微笑，「皇甫小弟，方才那二選一方案，你打算挑哪個去調查？」

「我要找仲寒。」皇甫洛雲堅定說道。

蕭安聞的行蹤柳逢時他們或許比較好追蹤，至於姜仲寒，雖然之前總是別無所獲，這次他打算回到原點找線索。另外讓他在意的，就是武倉庚的怨氣被姜仲寒帶走，縱使他已經料到姜仲寒的背後肯定有人主使，但帶走怨氣的目的依然不明。

「這次你跟宓兒一起行動吧。」柳逢時說，「我打算帶著文大小姐一起查。」

皇甫洛雲聽到這席話愣了一下，「可是陸儀不是阿袒那邊的？」

「是呀，但現在情況緊急嘛！一個弄不好，可能人界下界一起賠上，下面垮了，上面自然也不能獨活，三界傾倒的代價可是很高的，在這節骨眼上也不用分什麼彼此，一起把眼前的危機解決才是上策。」

沒錯，這是第一要務。

「宓姐要先跟我會合，還是我先去調查？」皇甫洛雲問。

「宓兒要還在調查一些事情，你可以先去查，她會找你會合。」

「我知道了。」

皇甫洛雲理解點頭，甄宓擅長情報調查，在他昏迷時甄宓一定是片刻也不能休息。

但離開之前，皇甫洛雲打算先去一趟接待室。畢竟那裡躺了兩個人，不看看這兩人現在的狀況，他實在不安心。

皇甫洛雲將接待室的門打開時，看到內中狀態，先是一愣，後忍不住大叫出聲。

「嗚！你不休息坐在這裡做啥！」

他看到連殷鳴蹺著腿，坐在接待室的沙發椅上，皺著眉，在擺滿文件的圓桌上翻找些什麼。皇甫洛雲見他抱著傷軀工作，身上的紗布還滲出血，緊張道：

「你這樣亂動傷口又裂了。」

「不礙事。現在情況緊急，我又不像那個躺著沒醒的傢伙。」連殷鳴冷淡回應，繼續做著手邊工作。而他口中「躺著的傢伙」便是在後方床上躺著，幾乎吊著一口氣，還沒甦醒的劉袓瑾。

面對坐著卻死要工作的重傷患，皇甫洛雲沉默數秒，直接大喊，「分部長！鳴在亂來了呀！」

下一秒，連殷鳴從他的眼前消失。

看來，就連柳逢時也看不下去連殷鳴這麼自虐的抱傷工作……雖然皇甫洛雲很想問候柳逢時，早在連殷鳴醒來，他應該要阻止吧？

而他這心中抱怨也不小心碎唸了出去，須臾，一道女孩嗓音替皇甫洛雲解了答。

「這裡有設結界，不讓外面的探查到這裡干擾傷患。」

皇甫洛雲順著聲音望去，文陸儀坐在角落邊，雙眼直視著他。畢竟他踏入接待室後，立刻被連殷鳴的行徑嚇著，自然沒有注意到縮在一旁坐著的文陸儀。

「呃……妳還好吧？」皇甫洛雲問道。

「嗯，沒事。」文陸儀點頭說，看了皇甫洛雲一眼，目光接著轉移到尚未甦醒的劉袓瑾身上，「阿袓還沒醒唷！」

皇甫洛雲出現在這裡的原因不用多說，文陸儀心底也很明白，連殷鳴雖然是傷殘分子，但至少已經可以看文件還可以說話吐槽人，皇甫洛雲在那時瞬間露出鬆一口氣的神情她可沒有看漏。

「我知道。」

文陸儀聽著皇甫洛雲這席話，看了皇甫洛雲許久，決定讓皇甫洛雲和劉衵瑾獨處一下，起身道：「我去找一下柳分部長。」

說完，文陸儀離開了接待室，只剩下他和昏迷的劉衵瑾。

皇甫洛雲偏頭看著面色蒼白、呼吸微弱的劉衵瑾，回想高中三年下來，劉衵瑾給人的印象是神祕又虛幻的感覺，曾經猜他是個不入世的高人，但沒料到劉衵瑾本身就不單屬於這個世界的人，在他成為冥使之後，更是確定這個猜想。

冥使的必備條件是器具，他知道劉衵瑾一定持有器具，還被柳逢時刻意刺探，可誰知道最終的結果就是——劉衵瑾持有的並非是一般的器具，而是三冥器。

皇甫洛雲可以接受為了職業機密而隱瞞持有冥器的原因，但轉念一想還是覺得有些難過。「唉……你呀什麼時候醒來？」

他的好友只剩下這個跟陰險小人無異的傢伙，不論是好是壞，皇甫洛雲期盼著這損友快點醒來，不然他一個人悶著真的很累。

看完劉衵瑾後，皇甫洛雲正要準備離開接待室，他的通訊符也在這時發出嗡嗡的通訊連結的響聲。

訊息十分簡單，原來是甄宓要先回來分部一趟，要他前往辦公室會合。

但沒料到他甫一踏入辦公室，皇甫洛雲心底立刻萌生出想打人的衝動。

——身為柳分部重傷掛病號代表的連殷鳴，為何也出現在辦公室！

「嗚，你不休息嗎？」皇甫洛雲當下腦子裡只有這句話。

「……人少，我留下顧分部。」連殷嗚臉色蒼白，毫無血色。藉口太完美，皇甫洛雲看著一旁的柳逢時也點了點頭，只能投降。

「哎呀，傷殘分子還是留在這裡不要礙手礙腳得好。」難得有調侃連殷嗚的機會，甄宓絕對不會錯過，仰頭戲謔地說。但一說完，她又說道：「人齊了，先聽我報告吧！」

「對、對不起，我也要聽？」文陸儀緊張地開口，發出蚊蚋般的嗓音，對於柳分部內劍拔弩張的氣氛，她很不習慣。

劉分部還比柳分部溫暖多了。

想到還躺在接待室尚未醒來的劉袓瑾，文陸儀深切希望他們的分部長快點醒來，與其跟柳逢時這名不認識的人行動，她還比較想要跟著劉袓瑾。

再者，甄宓的報告她也不應該聽吧？說到底她還是劉分部的員工。面對甄宓，文陸儀惴惴不安。

「不想聽就出去！快講，別浪費時間！」連殷嗚壓根不想聽甄宓報告，他只求這群人快點滾離辦公室工作，讓他耳根清淨。

「知道啦！」甄宓嘟嘴，臉頰都鼓起，露出不滿神色。「柳，外面狀況十分緊急，陽間冥使已經出現人手不足之態。」

「找下界調人手。」柳逢時抬手朝連殷嗚比去，「嗚，交給你了。」言下之意代表現在分部暫時交給連殷鳴管理。

連殷鳴聞言，眸中的殺意更甚。

「鳴，跟下界借人口氣要和緩一點呀！」看著連殷鳴的臭臉，心知連殷鳴痛恨底下那群不想上來想要安逸留在冥界的冥使，柳逢時好心地提醒著。

「沒用的，柳。」甄宓終於找到說明的時機，哼聲道：「來這裡之前我有試著與地府聯繫，很可惜地我們已經與地府斷了訊。不知道是什麼原因，但我猜跟這場怨雨雲有所關聯。」

此話一出，柳逢時忍不住抬手抵著下巴思考。

「無所謂，柳，你們快滾去調查，查明原因的工作交給我。」

連殷鳴狠瞪柳逢時，要查清下界原因，勢必要跟其他分部聯繫了解，八成柳逢時不想要被其他分部的分部長氣死，便把這「光榮」的工作交給了他，自己攬下外務。

「既然你都這麼說了，那我跟皇甫小弟先去追線索。走了，皇甫小弟。」話已帶到，甄宓也不想浪費時間直接離開。

「嗯，宓兒，皇甫小弟就托妳顧著。」柳逢時提醒著甄宓。

「是！」第一次和甄宓出任務，皇甫洛雲很緊張，趕緊跟了上去。

等到甄宓與皇甫洛雲離去，辦公室內僅剩下三人。

「那個……為什麼不讓我跟皇甫一起行動？」方才一直默默聽著的文陸儀，這時才對於這樣的分配方式提出疑問，有些緊張。

柳逢時聽到這提問，露出一抹笑，輕聲回應，「原因呀……很簡單吶，既然業鏡都被搶了，冥鐮跟生死簿不也是有被偷的風險？」

文陸儀用力點頭，這也是她會在柳分部的原因。因為危險，所以她才留下。

「所以，妳覺得妳若是我，會放著兩名持有冥器的人一起行動嗎？」柳逢時對文陸儀回了一個奸詐的笑容。

不過這時連殷鳴想起來還有一件事情，插話要請示柳逢時，「柳，劉祖瑾那傢伙醒來的話……」

「醒來記得通知我就好。」柳逢時說。

「……柳，時間來不及，這傢伙身上有太多祕密，說不定是幕後黑手。」連殷鳴打算自己逼問劉祖瑾，懶得等柳逢時。

連殷鳴醒來之後，得知業鏡就在劉祖瑾身上時，對於劉祖瑾這個人的身分抱持著很大的問號。連殷鳴懷疑事情沒有這麼單純，既然蕭安聞的老底埋這麼深，人畜無害的形象深植人心，依照這般順遂狀況，不太可能突然就公開真面目，讓別人知道他就是暗自操控一切的黑手。

除非他和劉祖瑾有什麼協議，或是本來就是同一掛的，看目標在即卻情勢不妙，所以決定用這方式來設止血線。畢竟蕭安聞都敢利用自己身體讓自己陷入危難之中，沒道理劉昶瑾也不會這麼做。

「我認為阿昶不是。」聞言，文陸儀小聲地替自己的分部長解釋。

如果劉昶瑾真的有圖謀什麼，持有生死簿的她應該是第一個有危險的，而不會是劉昶瑾。更別說是劉昶瑾的業鏡也被搶了，苦肉計若是做到如此，劉昶瑾也太悲摧了。

但連殷鳴聽著文陸儀的解釋，只是冷冷哼聲，對於這樣理所當然的答案，他不予置評。

「反正他都元氣大傷了，不用擔心，嗚，我和文小姐先出門吧，回來再說。」柳逢時還是笑笑的下了結論，轉身離開辦公室。

……他倒是好奇呢，假如劉昶瑾是幫凶，是什麼樣的原因，讓劉昶瑾覺得高風險的揭露身分，比維持現狀的隱匿還要有保障，抑或是……劉昶瑾有什麼讓蕭安聞覺得棘手，不得不除的手段。

越來越複雜了啊。柳逢時感嘆地想著。

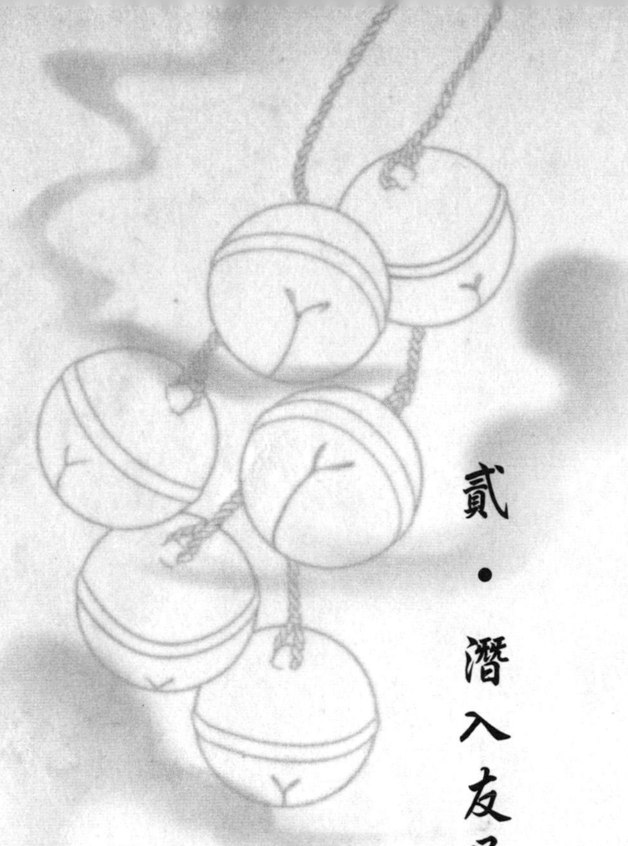

貳・潛入友居

離開了柳分部，皇甫洛雲來到了姜仲寒的住家。

雖然皇甫洛雲很想要直接從大門進入，但因為他們是要潛行調查，還是直接用陰間路踏入姜仲寒的家中。

數個月過去，姜仲寒的家裡依然是那混亂模樣，就算封鎖線早已褪除，但雜亂與血痕卻遺留在上頭，完全沒有人進入清理。

看著這樣的狀況，皇甫洛雲納悶時間過了這麼久，姜家親戚怎麼不來處理這個地方？是覺得人死太多，怨氣重，抑或是認定這是凶到不行的凶宅，就算轉手變賣也不會有啥好價錢就乾脆擺爛？

這讓皇甫洛雲忍不住皺緊了雙眉，他記得姜仲寒一家遭逢惡難，只有姜仲寒一人倖免存活。當初姜家事件爆發，皇甫洛雲原本也想要去姜仲寒的家裡，但卻被姜家的親戚一律視作陌生人，擋在門外；原本他也可以利用冥使的能力，讓他人無法察覺地進入姜家調查，但劉昶瑾又勸阻他，除非被指派，否則不可亂用能力，只能作罷交給警方處理。

就算沒有踏入姜家，他還是暗自調查了一些，但是姜仲寒的左鄰右舍沒有什麼明確的線索，要是有警察也該找到宣告破案了，怎麼可能輪到他們冥使？

——雖然他們現在就來了。

「嗯？」

甄宓打量著周圍，他們踏入的是客廳，但周圍卻散發著讓她渾身不對勁的氛圍。而她這聲疑問也引起皇甫洛雲的注意。

「宓姐，怎麼了？」皇甫洛雲張望附近，看了看甄宓視線所停頓之處。

甄宓手抵著下巴，沉聲道：「還好我眼力好……這地方太乾淨了，有禁制呢。」

「對活人嗎？」皇甫洛雲不意外，從新聞報導可以得知姜家的慘烈，在成為冥使之後，瞭解怨氣是怎麼構成，姜家的慘烈狀況足以埋下能夠生出惡靈的怨氣種子。

若是有駐紮的冥使，應該會將內中的怨氣消除乾淨，以免日後生出難以處理的大麻煩。

畢竟怨氣惡靈這等生物，一般人絕對看不出，但冥使一定可以瞧見那躲藏隱匿的黑暗，不讓它們危害人間。

「對活人？」甄宓勾唇，露出一抹豔麗的笑，「看清楚呀皇甫小弟，你確定這結界是只針對活人？」

甄宓這聲提問讓皇甫洛雲瞇起了眼，注視著周圍。隱隱約約，他可以看到一抹不清楚的圓弧狀結界痕跡。

他躡手躡腳地往前，小心翼翼地打量著周圍，心念一動，冥鐮驀地上手。

皇甫洛雲雙手握著刀柄，往前舞動冥鐮。

倏地鏘一聲，鐮刀斬斷了什麼，周圍霎時閃現過一抹半透明的色彩，隨即消失。

在這瞬間，結界消除了，黑色濃稠的怨氣霎時湧出，皇甫洛雲和甄宓見狀，趕緊閃過那道怨氣氣流，皇甫洛雲也趁機揮動手中的雪白鐮刀，冥鐮耀起燦爛白光，將怨氣一分為二，全數淨化，一切僅在一瞬，絲毫沒有拖泥帶水。

甄宓打量著俐落迅速的皇甫洛雲，嘖嘖笑道：「唉……嗚再不好好努力，遲早會被新人拉下去的哦？」

皇甫洛雲聞言，收起手中器具，尷尬笑道：「我沒辦法啦，宓姐見笑了。」

「是嗎？」甄宓笑彎著眉，狀似懷疑皇甫洛雲是在說笑話。

「嘿嘿。」皇甫洛雲抽動嘴角乾笑著，也不打算繼續跟甄宓聊這些五四三，便把注意力放在他處。「看來真的有問題，居然藏著這麼濃厚的怨氣……」

是刻意的嗎？皇甫洛雲忍不住懷疑了。

「嗯哼，應該吧？」甄宓雙手悠哉說道，「吶，皇甫小弟，你的心情調適得真快，這讓甄宓姐姐我忍不住想要替你拍手鼓掌呢！」

「宓姐！」皇甫洛雲忍不住發出苦笑聲，甄宓又在調侃他啦！

面對這第二位這麼說的人，皇甫洛雲深深覺得柳逢時和甄宓真不愧是同一掛的，想法都一樣。他現在可是將「表面功夫」發揚光大，盡量不要讓情感干涉到他的工作。

皇甫洛雲死命假裝不在意，甄宓卻像是看透了皇甫洛雲心思，刻意調侃他。

「我沒說錯呀。」甄宓笑著說道，「嗚重傷，好友差點掛了，你也被打擊到昏到，醒來之後還可以正常接任務，沒有其他舉動拖累大家，我覺得很不錯呀，真的。」說完，甄宓還給皇甫洛雲一個燦爛微笑。

這一點也不好！

皇甫洛雲內心哀號，甄宓根本就是在威脅他，這樣的狀況要保持下去，調查途中危害到她，甄宓一定會出手。

果然，甄宓接下來的話更是讓皇甫洛雲猜中了。

「不過這樣也好。」甄宓擺手道，「你真做出什麼多餘的事，我一定會打死你。」

皇甫洛雲聞言，默默遠望，甄宓果然是最難惹的人呀！

「宓姐，這裡是不是蕭分部管的？」面對甄宓的調侃，皇甫洛雲大步往前走，決定假裝沒有聽見。

一處鬧了大事的屋子內殘留如此多的怨氣，更別說是還有結界包裹，不讓外人察覺……防冥使防成這樣必定是有心人所為。

真是如此，那答案皇甫洛雲心中也有了譜。與柳分部比鄰的分部何其多，唯一出狀況的也僅有那一間。只是以時間上來說，他們不是還不在這區域？

「嗯？皇甫小弟，難得你開竅呢！」甄宓俏皮眨眼，公布了再清楚也不過的答案。「先前是劉分部管轄，而現在是蕭分部，皇甫小弟，看這裡的模樣，應該是策劃很久哦？照這樣看來，你有沒有想過，那位劉部長也是嫌疑犯吧？」

結界內的怨氣濃度，比起外面的怨氣雲更加濃厚，陰冷氣息不停地吹拂著。當然，案子發生至今也過了好幾個月。

「或許吧，但那也不一定。」皇甫洛雲猶疑地回道。就算他想破了頭，他也不知蕭安聞要動姜仲寒做什麼，怎麼可能明瞭他的心思？若此地是劉昶瑾所掩藏，說不定也是發現了什麼異狀，要等他醒來才能問他吧？

甄宓瞟了皇甫洛雲一眼，搖頭冷笑。發生了這麼多事，莫非還是下意識的認為朋友無辜，都是被逼迫或是事件受害者？

甄宓替連殷鳴感到可惜了。連殷鳴這刀擋得很冤，他應該要放任皇甫洛雲被姜仲寒砍一刀，或許死一次就會覺悟了。

皇甫洛雲沒有注意到甄宓那複雜眼神，只是繼續往姜仲寒的房間走去，但才剛挪動腳步，方才那打破的結界又升起，擋在兩人面前。

皇甫洛雲握緊冥鐮，四處張望，甄宓見狀，單手扠腰饒富興致地看著皇甫洛雲的行動。

「你應該不需要我幫忙吧？」

甄宓此話一出，皇甫洛雲便知道這女人只想要隔岸觀火，看他動手自己在一旁休息呀！

皇甫洛雲內心有無數哀號，但也不能太明顯，他握緊冥鐮，凝視著結界，打破的結界跟潑出去的水一樣，是不會復原的，除非是有什麼誘因導致結界可以自動復原，而那樣的物品則是——媒介。

皇甫洛雲舞動冥鐮，漾起白色刀風，唰地一聲——結界應聲破壞，碎成一片片的透明結晶，隨之落下。

「解決了？」依然是看戲狀態的甄宓笑笑地問，雖然她暗自表示自己不想動手，實際上對周遭的監視依然沒有改變。若是情況不妙，她也會動手的。

皇甫洛雲聽聞甄宓這席話，側眼看去，沒有回覆甄宓這提問，握著冥鐮的手沒有鬆開，心思都在自己方才再次打落的結界上頭。

瞬間，結界又復原了，從頭頂忽地罩下，速度比方才還要快。

甄宓見狀，手悄悄地覆上左手花印記之處。皇甫洛雲繼續揮刀砍結界，但這回，刀尖直指天花板！

皇甫洛雲躍起，白色的刀鋒劃過天花板，在這一瞬，他聽到了碎裂聲音。

刀尖用力一抽，一顆碎裂的黑色珠子霎時落下。皇甫洛雲見到珠子，眼神一利，冥鐮朝珠子一揮——剎那間，珠子化成粉末消失殆盡。

而同一時間，天花板浮現出一道法陣，皇甫洛雲和甄宓萬萬沒有想到居然還有後招，法陣閃出一道光芒，皇甫洛雲和甄宓雙雙吸入其中，消失原地。

甫一回神，自己已經身處在一處山谷之中，皇甫洛雲張望附近，內心只有滿滿的無言。

現在是哪招？他真的這麼衰嗎，為什麼又被抓進類似幻境的地方？

「宓姐？」皇甫洛雲低聲呼喚，但卻沒有人回應，他忍不住皺眉，大聲喊道：「宓姐、宓姐、宓……好痛！」

皇甫洛雲喊著喊著，下一秒就變成哀號。

他揉著被石頭打疼的頭，無辜道：「宓姐，妳幹嘛對我扔石頭？」

「太大聲了。」甄宓說出自己扁人的理由，「小心被人發現。」

「是。」皇甫洛雲苦笑，甄宓都這麼說了，他也只能乖乖閉嘴。

對於猛地改變的周遭，皇甫洛雲看了看附近，思考是不是被人傳送又或是陷入幻境。他忍不住懷疑附近是不是有人埋伏。

「這幻象做得還挺真的。」甄宓哼聲道，「難不成這裡真的有什麼不能讓人察覺的東西？出手如此闊綽，幻象法陣可不是這麼容易就能使出手的。」

「咦？這不是用畫的嗎？」

法陣浮現的狀況皇甫洛雲並不是沒有看到，對於甄宓這番話，他只有滿滿的問號。

「畫？」甄宓聞言，笑靨如花道，「皇甫小弟，我不介意你自己畫給我看吶！」

皇甫洛雲聞言，立刻噤口不談，笑得開懷的甄宓感覺很恐怖呀！

見皇甫洛雲畏懼的模樣，甄宓勾唇冷笑，手朝左手花印記抹了一下，當手從花印記抽回時，甄宓右掌捧著白色書籍與黑色毛筆——白書上頭寫著篆體「禁」字，而黑筆筆桿則是寫著「墨」，這兩項物品是甄宓的器具。

甄宓勾唇一笑，轉動著黑筆筆桿，雙眼盯著白書，似乎在思考要怎麼行動。

皇甫洛雲注意著甄宓的行動，很難得可以看到甄宓拿出她的兩項器具呀！平常幾乎只看到甄宓拿出那枝黑色毛筆，但這回卻連白書也拿出了。

要不是書上的字跡是「禁」字，不然皇甫洛雲挺懷疑這書可能是複製版的生死簿。

「我想想要怎麼做呢？」甄宓晃著筆，筆尖霎時溢出墨水，暈染著毛筆筆尖。

她沒有思考很久，眨眼間，皇甫洛雲便看到毛筆沾著墨水，快速在空中刻劃出一條條的痕跡。當甄宓收筆時，甄宓已經畫出一扇大門。

皇甫洛雲不解，甄宓也不打算解釋，她將手朝自己所畫的門把伸去，門在這瞬間實體化，咿呀地打開。

「別發愣了。」甄宓發出咯咯笑聲，像是被皇甫洛雲那驚訝神色逗得開懷，「我們走吧。」

皇甫洛雲跟了上去，隨著甄宓一起踏入其中。原以為那是通往外面的大門，卻沒想到這是深入幻境的門扉，甫一踏出便是從山谷離開，來到了山頂之上。

天際顯現著黑色星空，皇甫洛雲再朝山下望去，下方是燈火通明，亮麗無比。

「嗯，這樣才對。」甄宓瞇起眼，對這場景十分滿意。

「宓姐，這裡是？」皇甫洛雲不是甄宓的腹中蛔蟲，自然不清楚甄宓的意思。

「沒什麼，只是竄改對方的幻境而已。」

竄改幻境，這裡依然是幻境呀！皇甫洛雲心底忍不住吐槽了。

甄宓勾唇一笑，露出那美豔的笑顏，「皇甫小弟，你要學的東西還太多了呢！」

面對甄宓這席話，皇甫洛雲也不想否認，笑著反問，「宓姐，我們可以直接出去嗎？這裡似乎沒什麼危險和線索，不如早點離開。」

既然甄宓有辦法改變幻境，應該也可以離開才是。

但甄宓居然對著他搖頭，朱唇輕啓吐出了答案，「還不行。形成幻境的主因沒有解決，就算出去了，也只會再進來，我們只會困死在這地方。」

皇甫洛雲聽到這答案，沉下臉思考。

甄宓接著又笑道：「放心吧皇甫小弟，我可沒有跟你在這裡關到死的好興趣呢！」

若是能夠挑人選，甄宓只想要挑柳逢時，其他人統統都閃到一邊去。

皇甫洛雲自然清楚這句話的意思，只能苦笑以對，同時也對姜仲寒的家有了更大的疑惑，「宓姐，妳覺得怎樣的狀況會讓妳千方百計也不要讓對方看到？」

「你是說這個地方？」甄宓皺眉說道：「皇甫小弟，從你來這裡之後，就沒打算動動你那顆腦袋？」

原本還慶幸皇甫洛雲有帶腦子上班，現在則是要將這句話收回。

面對甄宓的懷疑，皇甫洛雲苦笑以對。他不是沒有動腦，他當然焦急，只是難得甄宓動手，讓他分神了。既然甄宓都這麼說了，他再不動腦思考，只怕甄宓受不了想要宰了他。

於是，皇甫洛雲目光轉移到手中的鐮刀，看著那被月光照耀下，發出熠熠光輝的冥鐮。眼睛乃是靈魂之窗，但眼前所見皆是幻象，眼睛映照之物皆不可信。

從他們被抓入幻境之後，就沒有任何的怨氣氣息，是全都藏匿起來，還是這處並非幻境，而他們的確是被轉移到他處呢？

思考再多也沒有用，還不如直接確認。皇甫洛雲閉上眼，放輕鬆，把自己的心完全放下。

他用身心感受周圍，發動鐮刀發出了白光，慢慢地裹住他的全身，腦海浮現出影線，一條一條線堆疊出房屋建構，染上了色彩。在皇甫洛雲的「眼」裡，這是姜仲寒的家，沒有改變。

他們沒有去其他的地方，而天花板上的法陣依然轉動，內中不知何時又捲滿了濃厚怨氣。皇甫洛雲舉起冥鐮，鬆開一手，輕盈一揮——

法陣線條被刀痕破壞，怨氣霎時化作白色雪花，而幻境也在這時碎裂解除。

幻境驅除，四周景緻變換了回來，而天花板的法陣也霎時暗下。甄宓看到他們終於離開了幻境，回到了最初進入之處。她確認上方法陣失去了效用後，這才看了皇甫洛雲一眼。

皇甫洛雲雙手握緊冥鐮，緊閉的雙眼還沒有睜開。猝然，他挑起眉朝旁一斬——又有一顆通體全黑的珠子掉落，被他斬得一分為二。

皇甫洛雲聽到物體碎裂聲，才睜開雙眼，看著被他斬裂的珠子，眉頭重重挑起，這是第二個了。

——進入姜仲寒的家中後，第二個被他摧毀的戒珠。

接著皇甫洛雲眼睛沒有睜開，一個箭步向前，手起刀落，又是一顆怨氣戒珠。但這回戒珠沒有一分為二的手感，只因戒珠在被切斷的瞬間，自行破裂湧出怨氣。

皇甫洛雲立刻向後一退，怨氣也在這瞬間化作惡靈，吼的一聲張起血盆大口朝皇甫洛雲襲去。終於有惡靈出現了，不再是潛藏在暗處的飄渺存在。他信手揮動冥鐮，白色軌跡霎時劃出，宛若漣漪一般，不斷地擴散。

惡靈面對這不間斷的攻擊，還來不及反應，便化煙而散，消失無蹤。

皇甫洛雲端看周圍，他們回到了姜家客廳，不再是那遮蔽視線的山谷山頂，但皇甫洛雲也沒有鬆懈，冥鐮閃耀出白光，為了防止不必要的麻煩，皇甫洛雲索性將整個姜家淨化。

甄宓看著皇甫洛雲那一氣呵成的動作，吹了吹口哨，「唷，狀況越來越好囉！要保持下去呀！」說完，她抬眼看著手上的毛筆器具。

她揚唇一笑，毛筆染墨，手中的白色書籍霎時打開，她隨意揮灑，畫出一個圖形。

在這瞬間忍不住皺緊了眉。

「宓姐，怎麼了？」皇甫洛雲疑惑問道。

甄宓抿緊著唇，看著自己畫出的圖形，搖頭道，「沒什麼。」

皇甫洛雲聞言，滿腦子問號地看向甄宓，瞧她的模樣，似乎不是一句「沒什麼」就能隨便唬弄吧！問題是出自於甄宓的那本書？

皇甫洛雲拉直脖子朝甄宓手中的書瞥去，他看到甄宓畫出的是一個破裂的圓形。

「戒珠？」當下皇甫洛雲腦海只浮現出碎裂戒珠的樣貌。

「不是。」甄宓白了皇甫洛雲一眼，似乎在嫌棄皇甫洛雲的腦子沒有想像力。

被人質疑了智商，皇甫洛雲只能暗自遠望假裝沒有聽到。說實在的，從他加入柳分部到現在，甄宓跟柳逢時持有的器具及其功能都是一個大大的問號。

說是不知道他們兩人用啥也不太對，好歹皇甫洛雲也看過刀跟筆，但是這回甄宓還多出了一本書呀！

「哼哼，這是結界。」甄宓將書本反轉，讓皇甫洛雲得以清楚看到圖形。

方才偷偷一瞥只看到一個黑色碎裂的圓狀球體，但細看卻可以在圓圈中看到客廳與兩個人……

「這……我跟宓姐？」皇甫洛雲抬手，唇中吐出不確定的音色。

甄宓合起書本，如是說：「是呀，不然你以為是誰？」

皇甫洛雲想著白書上的圖案，問道：「宓姐，那是什麼意思？」

「獨立的空間。」甄宓垂下眼睫，認真說道：「大概就是先前那封閉社區的濃縮版。這裡應該有埋著深淵。」

「……」皇甫洛雲瞬間有了無語問蒼天的錯覺。

現在深淵這麼廉價，隨地出現？

縱使皇甫洛雲心中有無數個吐槽，也難以發洩而出，他垂下雙肩，指著甄宓收起的書道：「這是宓姐情報王的祕辛？」

甄宓這情報大王的身分深植人心，原以為這是靠人脈累積而出，但看到甄宓的白書，似乎有些不一樣。

「對我的器具很好奇？」

雖然皇甫洛雲的表情很正常，沒有露出好奇模樣，但他提出的疑問已經把他心中想法出賣泰半。

皇甫洛雲用力點頭。

說不好奇也是騙人的，如果是別家分部的冥使他還不好意思問。畢竟柳分部是自己所待的分部，對於同事實力自然很好奇。

更別說是甄宓的器具讓他摸不著頭緒。

「宓姐會預知？」從書上的圖案應該可以推測而出。

「不是預知。」甄宓勾唇說道，「上天有天書、冥界有命簿，與其說是預知還不如是先看了攻略本，才會讓人有預知的錯覺。很不幸地，命簿就是生死簿，那東西在文家姑娘手裡，天書是上面收存，輪不到冥使持有。」

啊啊！這解釋簡單易懂呀！

既然不是天書命簿，那甄宓畫出的圖案是怎麼一回事？

「嘛，皇甫小弟，你應該知道我曾經是位判官？」甄宓掩嘴輕笑，話音充滿了驕傲。

皇甫洛雲搖頭，甄宓跟柳逢時一樣，如謎團一般的人物。

「我曾經當過判官，只是之後跟柳一起在人間闖蕩。」甄宓抬眼看了看周圍。在肉眼無法看清的黑暗裡，有無數個影子在爬動，她可以聽到那刮搔耳膜的爬行聲。

甄宓哼聲一笑，往皇甫洛雲的方向靠去，皇甫洛雲見狀，驚得想要往後跳。

「宓姐妳幹嘛！」

皇甫洛雲驚聲尖叫，甄宓是怎麼了？

「拿出你的器具，皇甫小弟。」甄宓看皇甫洛雲已經將冥鐮收起，命令道。「還記得我剛才的那張圖？」

甄宓的話語提醒了皇甫洛雲，他趕緊拿出冥鐮，戒備周圍。

在那張圖裡，不只碎裂的結界和他們所處的客廳，而在那圓球之外還有一條條的絲線——那代表著外面有怨氣聚集，而破裂之處是怨氣進入的突破點。

皇甫洛雲起了激靈，手抬起，冥鐮刀尖指向上方，思考他要先行突破，還是要等外面的東西進入。

甄宓笑彎著眉，神情一派悠然，絲毫沒有被皇甫洛雲營造的緊張氛圍渲染，她信手揚起，手中的筆畫出一條墨色軌跡，四條線組成了長方形的門，甄宓用空著的手作勢要將門打開，畫出的門順著她的動作咿呀打開，怨氣立刻被門捲入其中。皇甫洛雲見狀，立刻抬腳一蹬朝那畫出的門扉跳去，冥鐮揮動，將盤旋在上方的怨氣掃除乾淨。

而在客廳的甄宓不慌不忙地轉動手中的筆，筆朝一處牆上抹上了符號，隨即她朗聲道：「皇甫小弟，那裡！」

話甫一出，皇甫洛雲立即揮刀朝牆面砍去，鐮刀沒入牆中，揮出時夾帶著黑色絲線，牽扯出一隻額際帶著黑色結晶物的惡靈。

「深淵！」

皇甫洛雲大喊，但身體因為揮動鐮刀的關係，而向後仰倒，來不及攻擊惡靈。

「來不及了哈哈！」惡靈張起血盆大口，勾起一抹惡意的笑，它化作利刃，朝皇甫洛雲的心口刺去，當利刃穿破心口，皇甫洛雲那張畏懼的臉讓惡靈看得十分愉悅。

可在下一秒，惡靈那揚起張狂笑顏的臉霎時凍結。沒想到皇甫洛雲在它的眼前化作一張空白的紙，刃部上還挾著穿洞的紙，似乎在笑惡靈的愚蠢。

猛地，一陣破空聲響起，惡靈腦袋落地，額上的黑色結晶霎時碎裂，化作虛無飄渺的黑色煙霧，皇甫洛雲趁機打碎了加速惡靈構成的結晶，讓它消散。

動作如此迅速且讓人無法喘息，眨眼間客廳又回到了原先的靜謐，皇甫洛雲心卻怦通狂跳，無法穩下。

天壽唷，才剛踏進來仲寒家沒多久，一個線索都還沒找到，他就差點就掛點啦！

還好剛才他要跌倒時，和甄宓來個眼神交會——他挺意外這一看甄宓居然了解他的意思，白書霎時浮現，撕起一頁白紙，將紙往上拋，化成皇甫洛雲的模樣替代他。「唔啊！真的好險。」

他還是小心為上吧！遇上很有經驗的惡靈，他這個才恢復沒多久，還沒有手感的人遇上這些東西，還是很有危機的。不過淨化了好幾遍，現在應該沒問題吧？「宓姐，可以出去了？」

從踏入姜家玄關到現在，他們都被困在客廳難以朝裡面前進，從進入之後到現在，除了「不順」這兩個字，他就想不出其他詞了。

「可以。」甄宓繼續畫著白色書籍，確認周圍已經清乾淨，這才點頭。

皇甫洛雲收到甄宓的保證，但還是緊張地嚥下唾沫，朝通往房間的走廊的方向邁去，這一次他的腳穩穩踏上，沒有鋪天蓋地的惡靈怨氣，或是天外飛來法陣把他們關起來。

腳步踩得很實，皇甫洛雲又用力踏了踏，確定地磚不會突然消失，這才放心地往前走。對於自己的行為，皇甫洛雲忍不住悲從中來，沒想到仲寒的家已經成為魔窟了。

姜仲寒的家是三房一廳兩衛的格局，其中一間衛浴設備就在主臥室，客廳模樣已經夠茶毒眼睛了，更別說是餘下其他地方。

皇甫洛雲忍不住皺眉，看著牆壁上面那怵目驚心的乾枯血痕，血手印朝內延伸，像是有人手搭著牆壁，往裡面蔓延到房間與主臥室。

不知何時，前進的腳步已經停頓，他內心怦通狂跳，不知道該打開哪個房間。

「你朋友的房間是？」

甄宓推了推皇甫洛雲的肩膀，提醒著他們已經沒有時間在這裡發呆了。

「這裡。」皇甫洛雲回神，指著走道數去第二個房間——也就是在主臥室旁的房間門。

甄宓單手支著腰，空著的手搭在皇甫洛雲的肩上，將他推到旁邊，自己先行走了一步。

「欸欸！」皇甫洛雲大喊，立刻衝了過去。

「誰叫你這麼慢！現在分秒必爭！」甄宓怒罵出聲，手朝門把伸去，正要扭開時，隔壁微開著大門的主臥室卻引起了她的興趣。目光停頓，甄宓鬆下手，對皇甫洛雲說道：「這裡給你去吧，我去那裡看看。」

語落，甄宓使用另一手推開主臥室門扉，走了進去。

看著任性的甄宓，皇甫洛雲嘴角抽了抽表示無奈。雖然他不清楚甄宓去主臥室的原因，但分開也好，他可以專心找線索。

踏入房間，姜仲寒的房間意外乾淨，這倒是讓皇甫洛雲有些訝異。莫非還有結界？

皇甫洛雲用力地嚥下唾沫，小心翼翼地掃視房間。

『仲寒，抱歉了。』他看著這沒有主人之處，心底唸著對姜仲寒的抱歉，開始翻動內中物品。

皇甫洛雲一邊翻找著或許會有的可疑物品，又懊悔自己怎麼一開始不先調查姜仲寒的家裡，畢竟誰知道轉了一圈，問題的源頭竟有可能是姜家。

每次對上姜仲寒，他總是認為有人控制住姜仲寒，卻沒有想過姜仲寒會變成這樣，或許有個「最初」的主因。

如果不是在外，那即是在內。姜家滅家本身就是疑點重重，更別說是警方還沒有結案！如果把這問題反過來思考，滅掉姜家的人就是控制住姜仲寒的人呢？

再反過推想，就算不是控制姜仲寒的人，也應該是有關的人吧！再者逼迫文陸儀出手的活死人社區裡，那個將深淵埋入內中的真凶也尚未找出，這件任務雖然完成，實際上卻是不了了之。

但他有直覺，這幾件事情一定有某種關聯。想到這裡，皇甫洛雲忍不住瞇起雙眼。

今天他一定要查出個所以然來！他唯一能夠查到的線索只剩下這一條，若是放過，只怕他們無法從被動轉成主動，只能眼睜睜地看著事態越來越嚴重，等候姜仲寒的出現。

「在哪呢？」

皇甫洛雲瞇起眼，翻箱倒櫃地想要找出那渺小的線索。不知怎地，他想起了一句話。

『時機到了自然可以看到。』這話是很久以前，姜仲寒有一陣子突然文青了起來，對他說了這樣的話，『人與人的相遇就是緣分，就算以前互相不認識，彷彿有隱形的牆壁阻擋著，但時機到了自然就會看到對方，我跟你不就是這樣認識的？』

「時機。」皇甫洛雲張起唇，喃喃自語著。

若是上天有眼，是否現在就那是夠讓他打掉隱形牆壁的時機呢？

皇甫洛雲來到書架，翻動架上的書籍，翻著翻著，他的手霎時停下。

時機，找到了。

他拉開一本與封皮大小不一的書籍，書的封皮抽走，書籍顯露出內中之物——日記。

只是皇甫洛雲正要打開查看時，隔壁居然傳出乒乒聲響！

皇甫洛雲猛地轉頭，抓起書立刻奪門而出朝主臥室跑去，只是扭開門把正要衝進去時，他還沒看清到底發生什麼事，整個人被彈了出去。

——在主臥室之處有個透明且彈性的遮蔽物。

皇甫洛雲見狀，立即穩住身體，召出冥鐮！刀芒閃動，遮擋著主臥室之物眨眼間一分為二，皇甫洛雲也進入其中。

「宓姐！」

才剛踏入主臥室，喊著甄宓卻被對方賞了一記白眼。

「吵死了，安靜！」甄宓不悅彈舌，橫了皇甫洛雲一眼道，「沒看到我在忙嗎？」

皇甫洛雲聞言，閉嘴看著甄宓。

只見甄宓手中持著白書與黑筆，筆的尖端直指著牆壁，眸中透出棘手神色。難得見到甄宓露出如此嚴肅表情，皇甫洛雲心底也挺驚的。

「需要幫忙嗎？」冥鐮先握緊，有萬一時還可以即時揮刀。

「不需要。」甄宓說得底氣十足，但額際那斗大的汗珠卻出賣了她。「好樣的！」甄宓揚唇一笑，雖是棘手，但她卻見眼前不是危機而是挑戰。

皇甫洛雲見甄宓興致高昂，也不便打斷，注視著甄宓所專心盯視的所在。

那是一面牆壁，牆壁中央有著血手印，那是從外面延伸進來的最後一個手印血痕，甄宓的白書閃動白光，一條白紋從書中伸出，刺入手掌中心，而甄宓的筆尖指著血手印，遲遲沒有動作。

皇甫洛雲不曉得甄宓想要做什麼，他只能看。

「唉，柳會生氣呀！」莫名地，甄宓的唇中吐出這般話語，她皺緊姣好的雙眉，似乎認定這是最後手段。

皇甫洛雲還在消化甄宓話語意思，他就看到甄宓轉動毛筆，霎時大放光彩，黑色毛筆變換成有著金邊金文的黑色筆桿，毛筆的末端溢出的也不是黑墨水，而是朱色。

甄宓朱唇輕啓，吐出話語，「春秋輪迴筆。」

話音落下的同時，筆桿不再出現「墨」字，而是浮現出「輪」字。

毛筆一揮，朱色字跡霎時印出，血手印也在筆劃同時，像是立體浮雕一樣，不只浮了起來，血印也開始消失，半透明的人形浮現而出，在半空中扭動掙扎。

只是下一秒，影像就斷了。甄宓見狀，抬眉看著手中的器具。她晃了晃，器具卻沒有發動跡象。

「這是怎麼……」甄宓暗嘖一聲，對於器具突然罷工感到納悶。

「宓姐，要不要改用招魂？」皇甫洛雲見狀，提議道。

「冥府斷訊，魂招不上來。」甄宓賞了皇甫洛雲一記白眼，能招魂她怎麼不招？

「不然讓我試試吧？」皇甫洛雲尷尬苦笑，甄宓說得倒也沒錯，他揚手拿出冥鐮，朝方才甄宓喚出影像的地方揮下——

瞬間，半透明的身影又浮了出來，落到地上朝外走去。皇甫洛雲見到來人模樣，瞳孔霎時縮起。

那是一名中年男子的影像，而這人是姜仲寒的叔叔！

他是姜仲寒父親的小弟，目前是無業，待業中。這個人長年以來賴在姜家很久，開朗又總是仗義直言的姜仲寒，難得會對一個人這麼憤恨，偏偏這個靠哥一族的叔叔就是個例外。

「別發呆了，我們跟出去看。」

皇甫洛雲聽著甄宓這席話，看她那雙透著疲憊的眼神，忍不住問道：「宓姐，那枝筆……」

「啊，是你想的那樣。」皇甫洛雲因為冥使工作而暗自研究冥府的相關書籍，甄宓也曉得，對於筆，皇甫洛雲不太可能聽到名字還一臉困惑的問她來歷。

「春秋輪迴筆……是判官筆吧！宓姐。」

春秋輪迴筆，俗稱判官筆，畢竟有書就有筆，若是無筆，冥府內的生死簿是怎麼書寫的呢?那與生死簿同套的筆就是春秋輪迴筆。

「宓姐，筆有什麼功用?」依照典籍，春秋輪迴筆應該也只有書寫功用。

「生死簿可以看到人的生死，春秋輪迴筆則是能夠判下人是生還是死的那一劃。」甄宓說，「我這筆，專寫出人的『當下』。」

只是現下輪迴筆罷工中……甄宓為了示範，還是拿筆對著那血手印，想著要抽出那手印的「當下」，還好輪迴筆又發動功用，「當下」的確被她抽了出來——雖然速度有點慢。

皇甫洛雲跟甄宓一起跟著半透明的人形走出房間。

拜春秋輪迴筆所賜，皇甫洛雲終於知道客廳那誇張的血是怎麼來的。那時狂放送一個禮拜的新聞是說「凶嫌持著多種刀具，無情屠殺」，的確是屠殺沒錯，但新聞卻錯了，這是自己人殺自己人。

當人形退到客廳，同時也將客廳的場景還原。皇甫洛雲看到客廳裡，姜仲寒的親人們拿著菜刀、水果刀、美工刀，只要是銳利物，他們都拿起來互相砍殺，皆殺紅了眼。

這時，天花板上垂下一顆鈴鐺，皇甫洛雲見到鏽蝕鈴鐺差點喊叫出聲。這不就是存放深淵的物品？

皇甫洛雲詫異地看著客廳不斷播送「當時」的場景，在深淵的影響下，詭異的事發生了。明明殺到流出的血到達了致死量，甚至被砍到腦漿四溢、四肢斷裂了，他們也不停手！

可這時突然所有的人形動作霎時停止，影像播送到一半，化作碎片消失。

甄宓見狀，不滿嘖聲。「差一點呀！」

明明還差一點就可以看到最終結果，影像的破敗讓她有些不滿。畢竟春秋輪迴筆不是萬能的，它能夠弄出的景象有限吶！

甄宓目光轉移到皇甫洛雲身上，出聲喊著：「皇甫小弟。」

「是？」皇甫洛雲出聲回應。

「你手上是什麼？」

「這個？」

皇甫洛雲才想起來手上還有一本書，那是姜仲寒的日記。

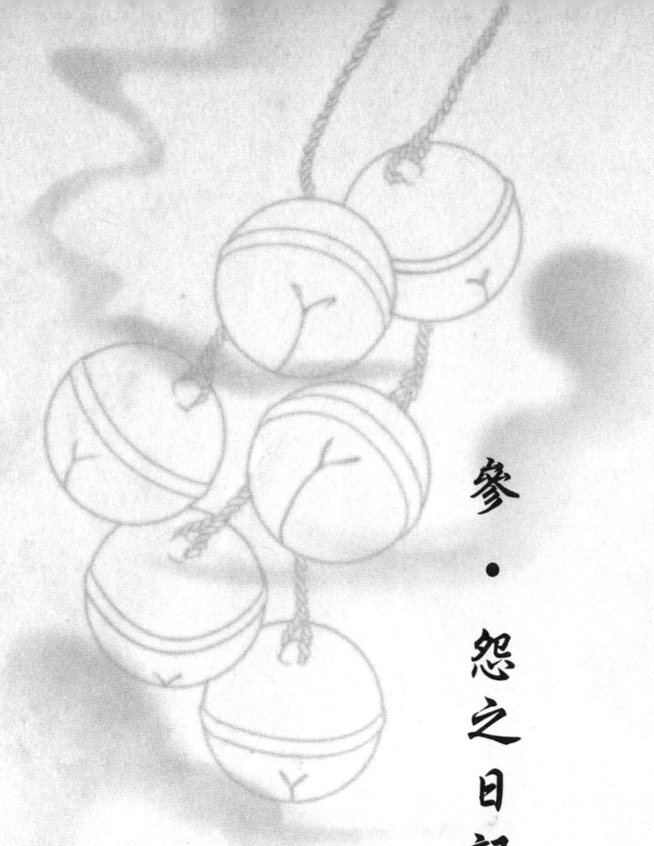

參・怨之日記

既然已經知道姜家凶案的過程，但依舊找不到真凶是誰，皇甫洛雲和甄宓的調查只能告了一個段落，回到柳分部。

「皇甫小弟，那本線索你自己先研究，我要跟柳報告狀況。」

對於主臥室潛藏的異狀，甄宓對於那看不到的結果十分不滿，她只能先跟柳逢時報告，看柳逢時有怎樣的打算。

「好。」皇甫洛雲應了一聲，便快步離開。

皇甫洛雲回到接待室，看著昏迷不醒的劉袓瑾，忍不住嘆息，「阿袓你這傢伙怎麼還不醒來？」

劉袓瑾不醒，重要的關鍵只會一直卡著。

「欸，阿袓我在仲寒的家裡發現這本日記。」明知道劉袓瑾不會回應他，皇甫洛雲像是說心安地，低聲說著：「仲寒不愛寫日記，他覺得當下比過去更重要，沒必要往回看，而是要往前看……但他居然會寫日記……」

離開姜家之前，皇甫洛雲有偷翻了一下，上面密麻的字跡的確出自於姜仲寒之手，看著日記，皇甫洛雲當時還以為是他自己看錯。

現在他坐在接待室裡，趁空翻著日記，仔細地看著上面的文字，但日記都沒有標上時間，像是想到什麼就寫，沒有任何的章法可言。

他一頁頁地看，連續幾頁下來，他越看，背脊也越來越涼，寒毛整個都直豎了起來。

從日記提到的「日常」判斷，應該發生在他們高三的時候，裡面的內容都是姜仲寒的家庭事。

日記從小叔來到姜家開始，字裡行間充滿憤恨的情緒，讓他分外訝異。這根本跟他平常認識的姜仲寒不一樣……在他的記憶中的姜仲寒並不是這樣的人。

只能說，如春秋輪迴筆引出的事實，主要的關鍵人物真的就是姜仲寒的小叔。例如這篇：

小叔住在家裡一段時間，都已經過了好幾個禮拜，他都沒有打算要離開，他對小鬼們真的不錯，看他們很開心的分上，讓他一直留在家裡也沒關係。

不過……我覺得很奇怪，都已經過好幾個月了，小叔也不走、也不找工作，老爸也沒說什麼，就讓他在家裡住著，我的房間就這樣捐獻出去，好處是可以跟小鬼們擠在一起玩……但不知道是不是小鬼們跟小叔混久了，感覺行為有點怪異。

寫到這裡，家裡最近有傳來怪異的氣味，好像是有人在燒香？可是我在家裡晃上一遍，都找不到味道傳出來的地方……算了，改天蹺課回家看看。

最後幾句讓皇甫洛雲重重挑眉，他貌似看到線索了？神祕的香味，這該不會是姜家滅門慘案的開始？看著日記的記載時間，大概是他們高三上學期的時候。

他已經多久沒去姜仲寒的家了呢？

高三準備考試就沒有一直往他的家裡跑，時間算算，也是上學期開始就沒有去過。

如果姜仲寒的房間早已改成他小叔的房間，那這日記怎麼會出現在「小叔」的房間裡？想到姜仲寒弟妹房間的慘烈模樣，照道理而言他應該會是在「小叔」房間找線索未果，這樣他才會去其他房間查探，而不是在「小叔」房間和主臥室止住腳步。

當時他沒有察覺房間有異，而是因為房間的擺設跟他以前所見的「姜仲寒房間」一模一樣，沒有一絲改變。

皇甫洛雲滿腹疑惑，還是繼續看了下去。

我看到了什麼？學校考試太悶，逮到時機溜回家裡，我的房間怎麼突然變成那樣？

明明回到家裡是很正常的。小叔三不五時地提醒我，跟我保證我的房間一定是完好如初，就連我回到家裡，那刻意敞開的大門像是在告訴我房間沒有問題，還是一樣的。

但現在是怎麼一回事？小叔把我的房間弄得很詭異，黑布遮住了窗戶，白布遮蓋了所有家具，把我的房間弄得跟辦喪事一樣，中間還擺著一爐香……我終於找到香氣的源頭。

只是小叔把房間弄成這樣，人又不見了……

然後下面字句讓皇甫洛雲無法辨識，十分混亂。

混亂的字句是否代表著姜仲寒之後發生了什麼事？這讓他對這本日記的真實度起了疑心，這一本已經不像是日記本，而是同步記載姜家發生的事情的記錄本。

饒是如此，皇甫洛雲還是繼續翻了下去。

小叔教導大家如何修行，貌似這是什麼靈修活動，提昇自我的手段。我的腦袋最近有點昏沉，胸口有點悶，好像有被什麼東西壓著，很不舒服。

我討厭小叔。

這種情緒很明顯也很莫名。我為什麼會討厭小叔？他明明是老爸的弟弟，我的長輩，也是小鬼們崇拜的對象。

啊，提到小鬼們，他們什麼時候才能夠長大，不需要我幫忙！

唉，好煩。

靈修！

皇甫洛雲忍住想要大聲喊叫的心思，成為冥使之後，他對靈修這檔事痛恨到了極致，不是他以偏概全，而是他遇上的幾乎都是偏激分子。

這讓皇甫洛雲懊惱拍頭，要說姜仲寒太會隱瞞，還是他根本沒有注意到呢？

他從上面的日記，不或者該說是「記錄」中發現，姜仲寒以往最為重視家中弟妹，而他開始感到不耐煩了。怎麼回事？

老爸變了，每天熱衷的跟小叔研究靈修活動，小鬼們也很熱衷，每天跟他們一起修行。雖然有幾次跟著他們一起做，但感覺很不舒服，很想要逃離那樣的空間——直覺告訴我，我的房間，應該說是小叔的房間很危險，我一定要躲開。

剛好我要準備大考，可以假借準備考試的名義不回家，但時間久了，小叔好像發現了什麼，似乎把目標放到我身上……

我要不要找皇甫聊聊呢？可是他最近忙於考試，不好意思打擾他，畢竟他成績還算不錯，以後可以讀上好的學校，不用跟我這樣的廢人流浪一起混。

唉……最近怎麼多愁善感了起來？心底有個鬱悶的結，讓我想要解開也解不了。

皇甫洛雲瞠大雙眼，看著接下來的日記內容，那是最大段，也是姜仲寒情緒最過於流露的一段，他記得高三下學期有段時間姜仲寒蹺課蹺很大，原來那時候他一直在注意家裡靈修狀況。

格格不入。我覺得我無法融入他們，他們跟我說著教義的美好，在我的耳裡根本都是個沒用的廢句，但他們卻把那些話當成聖旨，每天不斷地對我說。

他們每說一句話，就讓我越來越難受……這是怎麼一回事？我跟家裡的人說了，他們都不信，我要怎麼拉著他們脫離這團泥沼？

小叔……如果沒有他，我家也不會這樣。

皇甫洛雲看到這裡，心臟抽動了一下。

從這裡可以判斷，其實姜家已經出現了問題，而姜仲寒似乎可以察覺到那樣的問題，他也在想辦法脫離，可是最後一句話更讓皇甫洛雲不安，他希望姜仲寒不要做了什麼傻事。

我決定跟蹤小叔，去找他們的真正靈修地。

皇甫洛雲看到這句，繼續往下看著。

他們的負責人讓我覺得很難親近，給人厭惡的感覺，微笑的模樣跟蠟像一樣僵硬，這樣的人就是讓我家願意虔誠供養的對象？

他們以為我沒發現，但還是讓我注意到家裡金錢流動狀況頗怪，稍微查了一下。那些錢都被負責人收入自己的口袋中，他們怎麼還不清醒？

——所以我還是要等負責人落單，我再去找他？

計畫看起來有點難度，實際上很簡單，那些信眾根本不擔心負責人的安全……因為有供奉對象的保佑呀！

但是我還是不知道他們在拜什麼東西。爸媽他們好像知道，但我不了解，只能對老爸問，但他們還是把問題拋了回來，要我去找小叔就可以知道。

從這裡可以判斷，他們口風很緊。

皇甫洛雲翻到下一頁，那裡的頁面被整個撕了下來。這讓他疑惑地看著那消失的頁面。

那裡到底是什麼？

皇甫洛雲抱著很大的問號，疑惑地再翻下一頁。但這一翻，皇甫洛雲霎時心裡難過得很。

好痛，我的頭好痛。什麼都想不起來，腦袋一片空白。

他們好像敲了我的頭，呃……都噴血了。他們好像給我喝了什麼東西，嘴裡的味道好苦。

啊，這真的靈修而不是什麼邪教組織嗎？小叔一直掛在嘴裡的「人生從死後開始」這句話邪門得很。既然重新開始，那就可以死一死不要危害世間嗎？

記錄到這裡結束，皇甫洛雲繼續往下翻一頁。

負責人來看我了，他跟我道歉，說是他的信眾的行為，與他本人無關。笑話，如果不是他的意思，那些人又怎麼會來暗算我？

嗯，想起了一點，我是在偷看的時候被人打的。只是這傢伙看起來也沒多厲害，為什麼這麼多人會對他死心塌地？

他直接走到我的面前，像是看透了我眼裡的不屑，對我說：「唷，你不信？人的人生呀，是從死後開始的，你也是這麼認為的吧？這給你，你與我相逢便是有緣，這東西一般的信徒可拿不到。」

他說完，塞給我一顆黑色的珠子，然後就這樣走了。

這東西到底是什麼？這黑色珠子裡面好像有東西，感覺是有煙霧包裹在裡面，但卻透著紅色的光芒。

但這一顆珠子能改變什麼？啊，什麼也改變不了吧！

如果死後真的可以是人生的開始，為什麼他不去死，為什麼要危害到我家？有緣人？

這真是一場大笑話，我什麼都沒有，別以為用這些話就可以收買我！

皇甫洛雲看到這段，總覺得黑色珠子的形容好像是裝滿怨氣的戒珠？他繼續往下翻，但下一頁是空白的，再往後翻，後面的確有字跡，卻幾乎都是無法辨認的字體，鉛筆塗滿了頁面，全都黑壓壓的一片，力道重得後面好幾頁都是鉛筆印子還有破掉的痕跡，他也無法判定這些塗黑的頁面裡，是不是原本有寫著字。

皇甫洛雲疑惑地再往後翻，只有其中一頁寫了一句話。

「——人生的確是從死後開始。」

娟秀的字跡在白色的頁面上格外刺眼，這不是姜仲寒的字跡。這裡還有其他人的筆跡？

皇甫洛雲緊張地往後翻，但後面空白一片，沒有任何字跡。

面對線索就在眼前，卻追尋不著，皇甫洛雲頭痛不已，這裡面應該還有些什麼。皇甫洛雲是這麼認為，既然姜仲寒的情緒都帶入到日記裡，那麼會不會當時已有了怨氣？若有，他應該可以讀出日記裡藏匿的思緒。

皇甫洛雲思及至此，召出冥鐮，他二話不說地朝日記砍去——

白光驟閃，眼前的場景霎時轉換，他看到姜仲寒拿著筆瘋狂地塗黑，他向前一步，低頭看著日記的頁面。不看還好，一看皇甫洛雲臉色霎時刷白。

姜仲寒一動也不動地看著日記本，沒有動筆，上面的字句卻憑空書寫、頁面不斷翻動，像是有個透明的手在上面書寫，直到書頁翻到某一頁，變成了塗鴉。

皇甫洛雲看到而左邊頁面畫著一張圖，那是在客廳中有無數個分裂的人物圖形，皇甫洛雲吃驚地看著塗鴉上畫下最後一撇時，日記不再自動翻頁，姜仲寒頓時清醒，半垂的眼簾睜開，他看著上面的圖，立刻跑去客廳。

姜仲寒跑去了客廳，皇甫洛雲依然停留在房間內，他看著日記本突然噴吐出妖異的黑光，下一秒，皇甫洛雲立刻拿出符咒，撒在自己身上，瞬間，白光籠罩，他的耳邊聽到了噗嗞的灼燒聲。

「……好險。」皇甫洛雲慶幸自己反應快，雖然翻閱的時候有注意到日記本內容特有問題，但他還是差點疏忽了日記本本身就是問題點。

用符咒保護了自己，卻似乎反噬了日記本，周圍的景色出現雜訊般的雪花，像是要把他逼回現實，出現了拉力。

皇甫洛雲見狀，不知道該怎麼辦，若是動用冥鐮，日記本的查探一定會中斷，但放任自己繼續看下去，也會擔心自己性命攸關。

正當他煩惱之際，畫面中姜仲寒跑回了房間，他的眸中透出慌亂神色，身上也沾染了一些血汙。皇甫洛雲抿緊著唇，心臟狂跳不已。

難道姜家的慘案發生了？皇甫洛雲看著姜仲寒衝到日記本前，將它抓了起來，姜仲寒失去了理性與冷靜，對著日記本大喊：

「為什麼會變成這樣！」

話語裡充滿著絕望與不相信，他抖著雙手，看著日記本，他咬牙想要將日記本撕得粉碎，但它卻紋風不動，而下一刻，他乾脆拿出黑色的筆，將那圖畫頁面全都塗黑。

每畫一撇，姜仲寒周身就不斷溢出黑色怨氣，如藤蔓一般向上纏繞著他。

「不是不是不是不是不是——不是這樣的！為什麼會變成這樣！」姜仲寒一邊喊一邊用力一畫，淒厲而絕望的嗓音讓皇甫洛雲不忍皺眉，很不想繼續聽下去。

當他畫下最後一撇，姜仲寒像是筋疲力盡似地，重重地倒在地上。

塗黑的日記本出現黑色波紋，牽扯出無數個黑色絲線，把無力的姜仲寒包覆其中。須臾，絲線全數深入姜仲寒的身體之中。

而這怨氣十分濃厚，但沒有之後的姜仲寒身上這麼強大。姜仲寒合上手中書籍，走出了原本屬於他，而現在卻是外人所居住的房間。

外頭鮮血遍地，他的小叔倒在主臥室，沒了氣息，而他的親人相殺死在客廳，身體分明已經破碎不堪，但他們彷彿感覺不到生機已離去，還是抬起那殘破的身體，繼續持著凶器互殺。

只見那些人身上纏繞的怨氣十分濃郁，將那些人身體綁得死緊，驅使他們動作。

姜仲寒冷然地看著那些本來就已經死了的親人，從地上拿了一把沒被砍鈍的刀子，直接朝他家人們的胸口刺去，一個個的將刀子沒入，再抽刀，把挾帶著血絲與黑線的刀子抽出。

皇甫洛雲看著姜仲寒將最後一位親人「殺」了之後，手一鬆，凶刀落入地面，沉入姜仲寒的影子之中，而這時，纏著姜仲寒的怨氣經過這一過程變得更加濃稠。

看著姜仲寒身上的異變，皇甫洛雲不忍地皺緊了雙眉。怨氣是會堆疊加成，但不會讓一個人在短短一瞬之間累積這麼多。從日記本便可以發現，這是人為製成的怨氣。

皇甫洛雲看著客廳內的慘狀，而這時姜仲寒的眼前浮現出一個陰間通路，他雙目失去焦距，僵硬地抬頭看著通道，隨即跳了進去。

而他的視線轉移到那原本屬於姜仲寒的房間，地上的日記本自動飄起，藏在書架之中，房間自動復原成原本姜仲寒所住的模樣。彷彿打從一開始，就沒有姜仲寒小叔的存在，而這間屋子瞬間被結界包圍，將那些非生者能夠瞧見之物統統隱藏。

——不論是冥使，還是其他人。全都皆無法看透內裡。

看完日記本隱藏的記憶之後，他難以消化這些資訊，腦子完全打結。

這是什麼意思？

日記本是導致姜家滅門的元凶？而姜仲寒想要破壞卻反被控制，隨即消失在他的家之中。從那日記內容、陰間路和法陣是有人幕後主使的鐵證，撕掉的頁面應該有寫著姜仲寒的改變。

讀完後的日記本變得有些破舊，他皺眉看著日記本，思考接下來要怎麼處理。

想到那宛如人偶一般的姜仲寒，再看著日記本，隨即又回想起那時連殷鳴對上武倉庚的決絕，皇甫洛雲都沒有忘記，難道他真的要這麼做？殺了姜仲寒？

那時看到連殷鳴被打到差點掛掉是有這樣的想法，但偏偏現在他知道姜仲寒的無辜。殺一個人談何容易，當姜仲寒出現在他的眼前時，他真的下得了手嗎？皇甫洛雲想到這裡，立刻甩頭將這些猶豫拋開。

再想下去勢必會影響到現在的自己，他都快懷疑這本日記除了造怨以外，是不是還會改變信念？他可不想再重蹈連殷鳴重傷的覆轍。

日記的內容已經翻閱完畢，這邪門的日記本他絕對不能留下，先放在一旁，等等就處理處理。

「阿昶，快點醒來吧。」

話完，皇甫洛雲帶著日記本離開了接待室。而他卻不知轉身離開的那一刻，昏迷不醒的劉昶瑾扇動了眼睫。

回到辦公室，皇甫洛雲看到一臉嚴肅的甄宓，下巴枕在交疊雙手上沉思的柳逢時，以及露出不安神色，站在甄宓旁邊想要離開的文陸儀。

「嗚呢？」

沒有看到連殷鳴的蹤跡，皇甫洛雲疑惑的嗓音從唇中溢出，剛好門旁傳來不慍不火的嗓音。

「這裡。」

皇甫洛雲差點嚇到，他順著突然出現的聲音望去，看著露出不悅神色，雙手抱胸倚靠在門邊牆壁的連殷鳴。

「嗚，身體沒好別一直站著呀。」

「我又不是爬不起來的重傷患。」連殷鳴白了皇甫洛雲一眼道，「我沒事了。」

「突然發生緊急狀況，所以柳分部長帶他去了一個地方。」文陸儀瞅了連殷鳴一眼，小聲道：「他的傷已經痊癒了……大概。」

說到後面，文陸儀不確定地心虛了。畢竟這都是柳逢時說的，她自己也不清楚。

「嗯，看嗚沒事，劉昶瑾同學醒來的時間或許會提早。」柳逢時道：「唉，這回真的下重本呀！」雖然覺得可惜，但轉念一想，只要這兩人沒事了，就會變成很大的戰力。

柳逢時接著抬眼朝皇甫洛雲看了一眼，「宓兒說你查到線索，你報告給我聽吧！」

「分部長，我查到一點線索。」皇甫洛雲無奈又被先點名報告，但還是一五一十地將自己看到的過程全數說出，只是他越說，其他人的神色越來越嚴重，這下子皇甫洛雲頭大了。「有、有問題嗎？」

「嗯……先說說我跟文小姐遇上的？」柳逢時輕輕一笑，對文陸儀說道：「還是妳要說？」

「不，我不需要。」一聽到自己要跟皇甫洛雲解說他們遇上的狀況，文陸儀敬謝不敏。

「既然文小姐都這麼說了，那我就不客氣了？」

話語一出，皇甫洛雲壓抑那狂跳的心臟，隱隱約約有種不妙的預感，他感覺喉頭很乾，還是忍著不問，聽柳逢時刻意賣關子。

「其實我很意外蕭安聞居然會出這一招呢！害我覺得帶著文小姐，是不是太欺負文小姐了。」柳逢時笑笑的說著，但可以聽出這話的殺氣有多重。

「嗯，不得不說……那傢伙挺有一套的。」難得連殷鳴會誇讚敵人，皇甫洛雲立刻對他投了一記怪異眼神，連殷鳴知道？

連殷鳴注意到皇甫洛雲的眼神，哼聲道：「菜鳥，是男人就有話直說，不要像甄宓那女人一樣吞吞吐吐。」

「……皇甫啦！」皇甫洛雲眼神死了一下，他可沒忘記連殷鳴有叫過他的姓氏，怎麼傷好了就在裝死了。「你別身體好了就在拐彎罵我呀！」

皇甫洛雲的想法，甄宓也是所見略同，她對連殷鳴這番話頗有微詞，「喂，別把我說得跟什麼怪東西一樣好嗎！」

「柳，總之外面要怎麼處理？」連殷鳴不理甄宓和皇甫洛雲二人，反問道。

「嗯……雖然想要幫大家解圍，但我認為抓出主使比較快。」

「擒賊先擒王呀。」連殷鳴冷笑，看來他們看法都是一樣的。

「到底你們在外面發生什麼事？」從柳逢時跟連殷鳴的討論，皇甫洛雲發現事情更大條了？

柳逢時聳肩，笑著說道：「小事呀！」

連殷鳴聞言，冷淡吐槽，「小事？各分部都被襲擊，原以為下界會派人支援，誰知道有人在通往冥府與人間的通道中放滿了深淵，讓下界上不來，人魂和冥使也降不去，只會變成深淵的肥料。我還忘記說了，指使者挺聰明的，用怨氣攻擊冥使還不如攻擊器具，器具毀了，冥使也只是裝飾。只怕時間越是流逝，我們得面對冥使無器具可用的事實。」

「可是各分部沒有備用器具嗎？」皇甫洛雲緊張問道。

聽連殷鳴說沒有器具可以使用，這形容有些怪恐怖的。

柳逢時苦笑，回答了皇甫洛雲，「皇甫小弟，我們現在可沒有第二間皇甫古董店呀！陽間有很多相似的冥器專賣店，但專司器具的卻是僅有這一間。所有維修以及購買都是你家的古董店處理。不然也不會有『皇甫古董店，專司冥府生意，所有器具皆向古董店獲得』這項傳言。」

古董店的沒落主因在於冥使人口已經到達標準，也有基本的承接制度，除非壞掉，否則不需要再購買新器具，時間一長，古董店的地位自然被弱化。

但古董店還是有其必要存在，只是皇甫秋清一死，人間，已經沒有處理器具的店家與人了。就算在這危急時刻，也無法在這麼匆促的時間找出維修器具的人手。

看來皇甫秋清之死果然有陰謀？先前柳逢時問過皇甫洛雲，皇甫秋清死得很突然，家裡忙得一團亂，而冥鐮覺醒也是在皇甫秋清過世之後開始。

這讓柳逢時忍不住皺緊了眉，看來他們漏掉了一個近在眼前的問題點。

「古董店呀！」皇甫洛雲苦笑，先前跟連殷鳴一起去過皇甫古董店，裡面已經沒有任何能用的東西。

「蕭安聞是真的下重手了，而堵住兩界通道這招也殺得所有人措手不及。」柳逢時正色道，「冥使分部幾乎淪陷，狀況再惡化下去，只怕人間沒有冥使處理那些怨氣。」

這也是柳逢時最為擔心的狀況。目前怨氣還沒完全擴散，人間尚未化作煉獄，主要在於冥使們正拚盡全力，努力守住人間。

皇甫洛雲臉色有些蒼白，腦袋裡盤算的都是最壞的打算，他認真問道：「分部長，目前能正常運作的分部……」

「只剩我們。」柳逢時肯定道，「畢竟三冥器有兩件在這裡，蕭安聞也顧忌著沒被他打死的劉昶瑾同學，我們是目前最安全的冥使分部，你該開心呀！皇甫小弟。」

這話又讓皇甫洛雲胃痛了。「既然事情這麼嚴重，為何讓我選擇找仲寒？」

「菜鳥。」皇甫洛雲這番話讓連殷鳴叫住了他，「因為你最了解他，其他的柳處理。」

連殷鳴的意思十分簡單。個人造業個人擔，姜仲寒最終還是要皇甫洛雲來處理。

「那麼，我現在是該去找出邪教？還是先找出姜仲寒？」既然找到了姜仲寒驟變的原因，皇甫洛雲覺得也該去會會那個邪教組織了。現在時間緊迫，他們的動作都要快。

想到姜仲寒，皇甫洛雲的心底真的很沉。「分部長，你有頭緒嗎？」

日記本內所訴說的不容小覷，柳逢時神祕不可測，就算不知情，也該曉得一些線索。

「皇甫小弟別再糾結這些有的沒的。」甄宓聽著皇甫洛雲的疑問，忍不住插話道：「事情都到了這個地步，別再猶豫了，該做就做，你也該認定你那朋友沒救了的事實吧！」

甄宓對這件事一直很有微詞，柳逢時不管、連殷鳴無視，在這節骨眼上，拘泥一名被怨氣纏身又無可救藥的凡人，是否太過優柔寡斷？

皇甫洛雲自然知曉甄宓的意思。透過日記本得知姜仲寒不願與人說出的黑暗面，以及沒有對他說過的事，他還在調整自己心態，不得不正視潛藏在心中的疑問。

——會被怨氣附身，一定有其原因，絕非不明就裡地被附著。

縱使他一直盤算著無數個臺階讓姜仲寒下，但越想，越是推翻那心中的一抹期望。或許姜仲寒的心底早已埋下怨氣種子，只差爆發的時刻。

只因為人不可能無怨無悔，除非是聖人，一般人難以達到這般境界。越是開朗的人，潛藏在心中的黑暗也會同比例的深厚。

「宓兒，這是皇甫小弟自己要跨過的門檻，我們幫不上忙呀！」原本柳逢時還想要回答皇甫洛雲的疑問，但甄宓抗議了、皇甫洛雲又露出思考神色，柳逢時當下還是決定要先安撫甄宓。

「是有頭緒。」該說連殷鳴很了解柳逢時，他突然直接代替柳逢時回答，「但若真是那個，那就棘手了。」語落同時，連殷鳴還不忘哼聲冷笑。

「是什麼？」皇甫洛雲追問，線索得來不易，就算再怎麼困難，他也想要抓住這條線。

「是蠱。」

一個意外的嗓音突然傳入所有人的耳中，辦公室的門打了開來，一名有著過肩長黑髮、身穿淺咖啡色帽T的青年，虛弱地倚在門邊如此說著。

看著來人，皇甫洛雲開心大喊：「阿昶！」

「阿、阿昶，我……」文陸儀原本看到劉昶瑾出現，露出開心的神色，但一想到她沒有經過劉昶瑾的同意和柳分部一起行動，又緊張得說不出話來。

「別緊張陸儀，妳跟柳一起行動是我的意思。」劉昶瑾見狀，出聲回道。

只是皇甫洛雲看劉昶瑾的模樣有些怪異，他無聲無息地出現也就算了，怎麼會靠在門邊也不進來？

「阿昶，你還好嗎？」皇甫洛雲注意到劉昶瑾身體在盜汗，他好像在喘氣，胸口起伏很大，只是說話時刻意壓抑，所以聽不太清楚。

「反噬，還好。」簡單扼要的話語從唇中溢出，不讓皇甫洛雲繼續提問。

劉昶瑾這反應讓皇甫洛雲感覺很受傷，他很擔心劉昶瑾，他卻什麼也不說。

「不說也是為了你好。」劉昶瑾淡淡說道：「我醒來時，看見你留下的日記本，但還沒翻，就消失了。看來那是刻意放出來的線索。那不是一般的東西，比較像是記憶的實體呈現。」

劉昶瑾抬手抵在門邊，像是有些站不住，差點滑倒在地。

皇甫洛雲見狀，立刻衝向前扶住劉昶瑾。

「被人打傷還送你怨氣？」皇甫洛雲看劉昶瑾吁了口長氣，呼吸也平穩了，皺眉問道。

「應該。」劉昶瑾回得模糊，不想正面回應皇甫洛雲。

身體的痛處消退了不少，劉昶瑾走入辦公室內，門咿呀地關上，直接拉過一張椅子坐下休息。再將目光移到皇甫洛雲身上，「皇甫，你應該知道那是怎樣的東西？」

皇甫洛雲抿緊唇，用力點頭。

成為了冥使之後，便把爺爺以前所說的故事當成聖旨，在爺爺以前所述說的，讓他最印象深刻的就是苗疆故事與鄉間野談。

「巫蠱嗎？」皇甫洛雲認真道。

劉昶瑾點頭。

「巫蠱最常聽到的就是毒蟲蠱。」皇甫洛雲說：「爺爺曾說，養蠱之人違天命，死後死無全屍，屍身皆為蠱的糧食，這是奉養的代價。」

的怨氣蠱毒。」

聽到蟲子，甄宓渾身不對勁道，「我討厭蟲！」

「可是阿昶，如果是蠱，仲寒是中了怎樣的蟲蠱？」

但皇甫洛雲沒有想到，劉昶瑾卻搖頭了，他道：「不是蟲，是怨氣。那是怨氣生成的怨氣蠱毒。」

皇甫洛雲雙眼瞠大，對於答案無法苟同，「阿昶，怨氣會變蠱，那人世早就混亂了！」

「要看怎麼圈養啊！邪術會養鬼蠱，自然也有人想到要養那怨氣蠱。」

「只是難度很高。」柳逢時補充道。

「怨氣這等虛無飄渺之物，任誰也不會想到要將怨氣當蠱養吧？」連殷鳴冷哼道，「蠱的重點是要有實體，鬼勉強可以搭得上邊，怨氣……算了吧！怨氣最高也是怨氣，要養成業障或是深淵，血腥無數，怎麼可能無聲無息。」

「但有人就是養出來了。」劉昶瑾淡淡說道，「皇甫，你再形容一次仲寒現在的模樣。」

皇甫洛雲想了一下，便把他所看到的姜仲寒樣貌全都形容一遍。他說到一半，連殷鳴抬手阻止，「夠了！」

「嗯？」皇甫洛雲不解，看了過去。

「這招真陰險。」連殷鳴勾唇冷哼，換個方式思考一次，謎底便揭開了。「把屋子當成製蠱的大缸，裡面的人就是那要煉的蠱，姜仲寒感覺到異狀，可能是天生有抵抗蠱的體質，而這讓主謀看上了眼，刻意讓他中更大的怨氣，讓他成為那缸子裡最強的蠱。如果他真的是怨氣製成的蠱，這樣就可以理解怨氣為什麼會被那傢伙控制、他也可以吃怨氣，更別說是淨化過後，怨氣又纏上了姜仲寒。」

「喂，人真的能夠成蠱嗎？」甄宓提出合理的懷疑，「若是成蠱，那內在不就被掏空了？」甄宓這席話對皇甫洛雲而言，無疑是個惡耗。

這意思是，姜仲寒早就已經不在了？他所仁慈的對象只是一具裝滿怨氣的空殼，而他卻傻傻地以為自己能夠挽回那樣的人。

瞬間皇甫洛雲覺得自己很愚蠢。

既然是怨氣，他又何必放走？「捉魂收怨」本來就是冥使職責，他竟然忘了！只是姜仲寒卻意外留著些許意識，這讓皇甫洛雲更加擔憂。

有心無心，無心雖然使人絕望，但有心卻更讓人崩潰。姜仲寒這傢伙到底在想些什麼？

皇甫洛雲又想到了那本日記本，「阿昶，一個人的『內在』到底是什麼？是靈魂，還是精神？還是兩者都有？」

他不懂這些，以前爺爺在他小的時候說過這等相關談論，讓他印象深刻。

劉昶瑾聞言，輕輕抬起手，伸出二的手勢，皇甫洛雲得到了答案，又道：

「若是靈魂，那仲寒的靈魂早就掏空？但這樣下界也應該收留他了吧？除非蠱跟先前社區事件一樣，會拘留人魂，如果是這種，阿衵的靈魂被關在什麼地方？如果不是魂，是精神，那麼失去精神的魂，等於一個空殼子，供人隨意填滿操控，無法對自己下命令。如果是這種……精神已死，等於魂的消失呀……」

皇甫洛雲非常希望不是第二種。

「難得也會說點有用處的話。」甄宓揚唇輕笑，似乎對皇甫洛雲的推論十分滿意。

「皇甫，蕭安聞跟仲寒應該是一夥的。」劉衵瑾悠然地吐出結論，「打傷我的其實是仲寒，而不是蕭安聞，那傢伙只會隔岸觀火，不喜歡弄髒自己的手。」

終於！

廢話說了這麼多，劉衵瑾終於要說自己跟蕭安聞的事了？但以時間上來說姜仲寒那時應該在跟他和連殷鳴死鬥，怎麼會有那閒暇時間砍劉衵瑾？「但仲寒那時分明在跟我對峙吧！」除非是在他來到武倉庚所在地之前，或是在他將姜仲寒放倒，在他看不到的這段時間發生的。

「要說明你跟蕭安聞實際的關係了嗎？」柳逢時這時終於插話，對著劉衵瑾笑笑說道。「你再不說，鳴就要把你當成蕭安聞的同黨啦！」

「別八卦，柳。」劉衵瑾認真回應。

「會嗎？」連殷鳴冷然地看著劉衵瑾，什麼都不說，根本是作賊心虛。

「說實話，這個問題不解決，我們應該很難繼續信賴合作下去。」同樣地，甄宓的想法與連殷鳴一致，一個當幕後死不出現，幾乎營造出姜仲寒就是黑手形象之人，卻因為對上劉袓瑾而功虧一簣，更何況昏迷前又直言凶手並非姜仲寒，這的確很不合理。

而且看劉袓瑾的模樣，對於蕭安聞的襲擊心底也有個底，既然有辦法察覺，怎麼不先預防？

劉袓瑾聞言，他自然知道這些人的想法，心知問題既然都擺出來了，若是不解決，大家也不會善罷甘休。「除了這個，你們還有什麼問題？就一次問吧。」

「不用了，就這個問題。」柳逢時回道。反正憑劉袓瑾的個性，說明時也該會把前因後果全數說出。

「柳應該見過我？」劉袓瑾目光轉移到柳逢時身上，淡然補充：「在我還在當十王的時候？」

此話一出，除了柳逢時，其他人都沉默了。

「等、等一下！」皇甫洛雲震驚大喊，「阿袓你是十王？」

「我現在是人呀，同學。我剛才不是說了？『在我還在當十王的時候』，這代表我現在不是呀！」劉袓瑾淡淡說著，彷彿方才說的話就跟問候天氣一樣的輕鬆。「可是，我需要說明一點，對於蕭安聞，我原先也只是懷疑，皇甫你別忘記我說過的話，蕭安聞一直躲我，我沒見到他自然也沒辦法斷定狀況。」

「……你的業鏡在某種程度的意義上，據說已經可以直逼預知等級的冥器，你確定真的不能預防？」

對於劉昶瑾重傷失去了冥器，皇甫洛雲想不透劉昶瑾為什麼把自己弄得這麼慘。

「再怎麼會預知的神算，千算萬算，就是算不透自己。」劉昶瑾淡淡說道，「雖然說無巧不成書，但問題是，我真的干涉到我自己的劫難，只怕你現在只能掐著我的屍體問為什麼我會死。」

皇甫洛雲被劉昶瑾這句話堵得無法繼續說下去。

「我想，我的身分那時神使已經看了出來，不然他也不會把陸儀往我這裡扔。」

劉昶瑾淡淡地朝文陸儀瞥了一眼，文陸儀才發出蚊蚋般的嗓音，點頭道：「我、我大概知道。」

畢竟她會加入劉分部，主因在於司南斗看到了劉昶瑾，才會提議要她加入劉分部。而這問題其實文陸儀一直都很想知道，而今天解答就出現在他們的眼前。

「轉世是嗎？」甄宓半瞇起眼，似乎在想些什麼。

「嗯。冥府內部有點狀況，我剛好屆滿，下面就問我要不要由他們幫我指定轉世人家。」劉昶瑾偏頭想了一下，哼聲說道：「後來才發現，說是指定，根本是在當監視者。」

皇甫洛雲聞言，恍然大悟道，「冥鐮？」

「還有皇甫古董店。雖然已經跟古董店作切割，也刻意地不讓冥使們靠近古董店，讓它自然沒落。但他們還是怕有意外，所以就要我去了。」劉昶瑾聳肩又道，「後來看到皇甫，這才知道下界真正的想法。」
「因為我是冥鐮的主人吧？」皇甫洛雲皺眉道。
「想起了多少？」劉袓瑾問。
「我跟冥鐮。但關鍵的『狀況』，依舊不知。」皇甫洛雲乾笑，冥鐮似乎不打算讓他想起前世的失蹤之謎呀！
「嗯？怎麼，皇甫小弟也是十王階級的？」甄宓聽著劉袓瑾和皇甫洛雲的對談，疑問脫口而出。
答案真是如此，甄宓應該會掐死皇甫洛雲，既是十王，腦袋卻是如此。
「應該不是。」連殷鳴說，「冥鐮持有者……傳聞聽過，只是固守冥鐮，消除怨氣之人。只是因為持有者失蹤，消除怨氣的工作不能延宕，冥使計畫也應運而出。」
連殷鳴好歹也是前任的分部部長，一些下界祕辛也不可能不知曉。
「當年到底發生什麼事？」柳逢時從劉袓瑾透露而出的訊息，大概可以推敲出劉袓瑾是那一年的當事人之一。
或許從這裡可以判斷——蕭安聞的動機就出自於這起事件？
劉袓瑾看了所有人一眼，所有人以為他會將當年的那件事娓娓道來，但他卻把目光停頓在皇甫洛雲身上。
「想清楚了嗎？」劉袓瑾說，「對於仲寒……知道我什麼都不說的原因？」

「那時候你就已經調查過了？」皇甫洛雲問道。

前期調查的是尚未搬走的劉分部，而劉昶瑾的習性是喜好賣關子，就算死到臨頭，他也很享受這樣的感覺。

「天機不可洩露。」果然，劉昶瑾開口了。這是劉昶瑾遇上麻煩「諮詢」時必定說出的話語。

「劉昶瑾同學，你不是天的人呀！」柳逢時笑著說道。

「就算我是冥府的人，但我還是要依循自然道理。」劉昶瑾抬眼，冷然道：「我這一世是修道之人，總是會有幾項不能讓人干涉的堅持。」

皇甫洛雲聞言，急得直跳腳，在姜家調查的疑惑就擺在眼前吶！為什麼不願意明說？不願意處理？

「阿昶……是朋友就該跟我說呀……」皇甫洛雲感慨道。

「打草驚蛇，抓不到人，多說只會多一個受害人。」

終於，劉昶瑾說出了他的顧慮。

在第一時間看到姜家的狀況便覺得不對勁，而且還是危機重重的等級，但怕不知因果之下，貿然把內裡挖開，就跟潘朵拉之盒一樣會引發更多的連鎖效應，只能在那無形結界之外暫時多做一個防避隔絕，不讓人好奇去挖。

交接時，劉昶瑾的副手也有將那分姜仲寒家裡狀況整理成冊，一併交接過去，看他們怎麼處理。但沒想到竟是羊入虎口，調查情報給他們分明是被沉入海底不用找回。

「皇甫，你打算怎麼做？」劉昶瑾淡然地撇向皇甫洛雲，問著這早已知道答案的疑問。

皇甫洛雲聞言，肯定道：「我要抓仲寒。」

「抓，不是殺？」對於皇甫洛雲那木魚腦袋，連殷鳴只有想要想要拿槍槍斃他的衝動。

「我想，見到他一定可以得到我要的答案。」

既然事態走到這地步，也到了不容讓他說不的時候，再見一次，他想要再看清楚。若是真的無可救藥，那麼他願意成為那了結姜仲寒的人。

只因為他們是朋友。

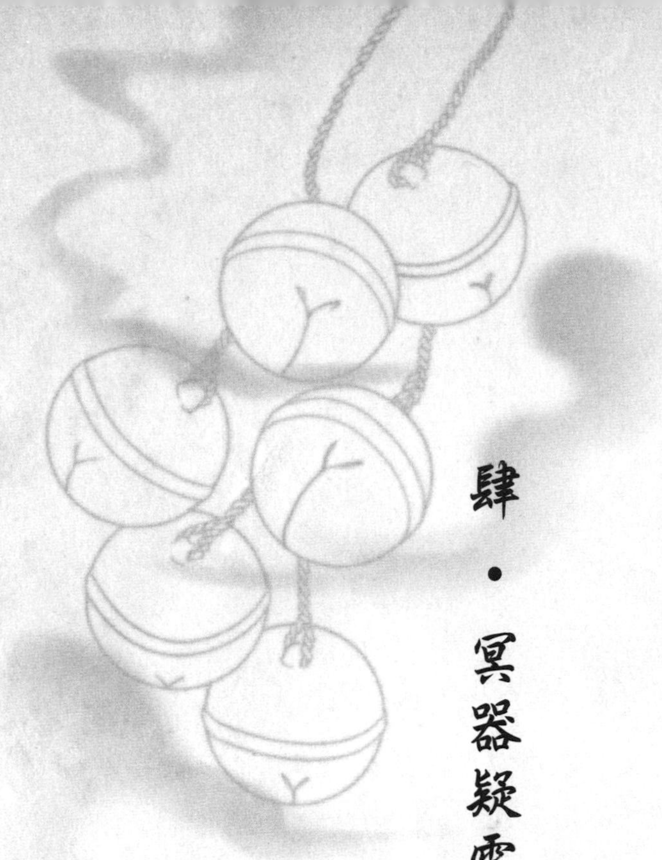

肆・冥器疑雲

見皇甫洛雲有了決心，劉昶瑾的目光移到文陸儀身上。

「妳呢？」

劉昶瑾不喜歡逼迫他人，如果文陸儀沒有這個覺悟，他也不會硬逼著文陸儀幫忙。

「我、我可以。」文陸儀緊張道，「如果人間化作煉獄，生靈塗炭，以後要找南斗他們只會難上加難。」

如果人間因此摧毀，她就見不到南斗了，畢竟南斗是遙遠且不可觸及的天界之人，他們唯一的交流也是在人間。

「好。」得到了皇甫洛雲和文陸儀的答案，劉昶瑾說道：「我需要生死簿和冥鐮。」

「唷，決定用這招了？」柳逢時懂了劉昶瑾的意圖，「誘餌作戰？」

「這樣會不會太冒風險？」甄宓擔憂說道。

一個弄不好，可是會將三冥器都推送給蕭安聞。

「好，就這麼辦。」連殷鳴覺得這計畫可行。以目前來說，他們也沒有其他的線索能夠真的找出蕭安聞和姜仲寒，雖然他們走的是險棋，但劉昶瑾想得沒錯，連殷鳴也覺得這是目前最好最快的方式。

劉昶瑾的提議，意外連連殷鳴也認可，這便直接拍板定案，皇甫洛雲和文陸儀變成一組。

「阿昶，你打算怎麼做？」皇甫洛雲問道，既是誘餌作戰，總是需要作戰策略。

只見劉昶瑾微微聳肩，目光轉移到柳逢時身上，「你說明？」

「建議的人說明吧！」柳逢時直接把問題推了回去。

劉昶瑾沒有抗議，他看了看皇甫洛雲和文陸儀，如此說道：「如果蕭安聞的野心不只業鏡，目光也著眼在生死簿和冥鐮上頭，那麼，他接下來一定會找出最後兩項冥器。當然，他們也知道持有者是誰，找冥器也不需要耗費多大的調查心力，只要想辦法把你們揪出來就好。」

蕭安聞那時會想要宰了他，主因也是他想要確定業鏡是否在他的身上，刺探結果答案是「YES」，再加上他們之間的前世恩怨，蕭安聞自然會叫姜仲寒宰了他。

畢竟前身居於十王之位，劉昶瑾早已看破生死，不覺得死亡是一件不妥的事，死了就死了，反正他的人生也是從死亡之後才開始。

這想法甫一冒出，劉昶瑾露出一抹釋懷的笑，「原來如此。」

「什麼什麼？」見劉昶瑾沉思又露出微笑，皇甫洛雲還挺想知道劉昶瑾的腦袋在想些什麼。

「『人生是從死後開始』，我只是突然想到你剛剛提過姜仲寒說的這句話而已。」

「……阿昶，你不覺得這句話很有問題？」皇甫洛雲從日記中不斷看到這個字眼，只覺得全身毛毛的，很想吐槽那些人的腦袋怎麼裝這些奇怪的東西。

「皇甫，換個角度想，冥界之人……他們的人生的確是從死後開始的。」劉昶瑾解釋，

「你看柳、連殷鳴，他們不就是『死後開始』的代表？」

皇甫洛雲瞠大雙眼，恍然大悟。對呀！這的確是真的。因為他是生者，老是忘記分部也只有他一名活人，老是忘記他才是分部裡唯一的異類。

「十王、判官，不也是如此？」劉昶瑾搖頭道，「調查那邪教已經沒有意義，他們的負責人應該早就死了的吧？我想，那個組織應該是蕭安聞自己建立，只是用來尋找適合製蠱的人，而他現在也做好了蠱的人形容器，他也不需要組織了。」

雖然劉昶瑾說得很有道理，只是皇甫洛雲有一個更根本的疑問。

「劉昶瑾同學，我想要請問一下，下界制度你我都十分瞭解，蕭安聞是怎麼逃過的呢？」

冥使的一舉一動，下界全都放在眼裡，蕭安聞不可能一邊動手腳，還可以逃過下界的追查。更別說是開立一個宗教組織，若是引發事端，不可能不會有人舉發。

「這嘛……晚點再說。」劉昶瑾搖頭，不打算說明太多東西，「皇甫，你跟陸儀一起行動，我跟柳一起去找蕭安聞。」

「加上我吧，我跟皇甫小弟一起去。」甄宓持有春秋輪迴筆，如果遇上麻煩，輪迴筆還可以跟生死簿一起搭配出手。

「柳，我跟你去。」甄宓要出任務，連殷鳴自然也要。

豈知，柳逢時拒絕連殷鳴的請求，「鳴，你留在這裡繼續掌握各分部狀況。」

「……你確定？」連殷鳴懷疑地看向柳逢時，在他們回來之前，一些分部部長用冥鏡聯繫柳分部，冥鏡一接通，看到通訊對象是連殷鳴，那些人都差點要哭出來了。

「聽說你做得不錯，繼續保持呀！嗚。」

柳逢時朗聲大笑，看樣子連殷鳴當分部長的能力還在，他回到分部，重新回到他的座位時，跟那些有找柳分部求救兼詢問的人，紛紛跟柳逢時提到了連殷鳴。

那不是要抱怨或者是要連殷鳴快點滾蛋不要當冥使危害世人的內容，他們的眸中透滿了激賞，還跟柳逢時道歉，他們聽信傳言一味排斥連殷鳴，卻忽略了他曾經當過分部長的事實。

連殷鳴雖然一臉想要殺了他們，但對於他們的求救也沒有漠視不理，給了他們很多見解，要他們用這些方法去做。

想當然，效果不錯，處理怨氣的速度有變快。也因為那些方法，有些分部也免除全員滅團的危機。

看那些人對連殷鳴的不良觀感紛紛改變，柳逢時自然也不會放過這機會。他相信，這次這場禍延人間與地府的事件結束後，後續的處理連殷鳴一定能夠幫上忙——而且還是很有力，不會有人抗議說不，任勞任怨聽他指令的那種。

「阿昶，你不跟我們一起行動？」現在唯一能夠對上蕭安聞和姜仲寒的人手也只剩下他們，這樣分散戰力有點不保險，皇甫洛雲擔憂地問。

「業鏡跟我的聯繫還在，我可以肯定我能夠找到蕭安聞。至於仲寒……真的需要你去找了，這個誘餌作戰雖然是針對蕭安聞，但依照那傢伙的個性，一定是派人前往去找。那個人不用我多說，你也應該知道是誰去？」

皇甫洛雲點頭，蕭安聞會派出姜仲寒吧！

重新分完組，皇甫洛雲準備要和文陸儀以及甄宓一起離開時，卻被劉昶瑾叫住，「皇甫，我們私下聊一下？」

「咦？好。」

皇甫洛雲疑惑，在這節骨眼上還要私下聊天？

劉昶瑾對柳逢時小聲地說了幾句話，就和皇甫洛雲一起離開辦公室，回到了接待室。

「皇甫，現在這節骨眼上，我也不需要管諮詢不諮詢的。離開這裡，以後能不能說話也是個問題。」

這話讓皇甫洛雲緊張了，怎麼聽起來像是交代遺言？

劉昶瑾沒有理會皇甫洛雲透出的擔心神色，他將衣服拉開，讓皇甫洛雲看著他的身體。劉昶瑾的皮膚上透著黑與紅色的花紋，像是要朝他的心口或是全身束緊一般的密布。

「這是什麼？」皇甫洛雲疑惑問道。

「冥器反噬。」劉昶瑾清淡說道。

皇甫洛雲臉色霎時刷白，原本以為是怨氣，結果竟是冥器反噬。

劉昶瑾見皇甫洛雲要轉身叫人，出聲阻攔：「別找他們，沒用的。業鏡落入他人之手，只有我能夠阻止。」

「冥器反噬會怎樣？」皇甫洛雲緊張地嚥下唾沫。

劉昶瑾看了看附近，揚手張開結界。「業鏡跟我一心同體，被人抓去弄那些五四三的，它不舒服，我亦然。你看，業鏡離手，我還能使用部分的業鏡力量，這就是冥器持有人的特權。」

「所以出狀況就是大家一起來？」

皇甫洛雲下意識地抬手看著花印記，想著劉昶瑾所說的話。他那時精神受到嚴重打擊，冥鐮就給他看了很多東西。這就是一心同體的關係？

「皇甫，你知道冥鐮持有者消失，下界當下不是找出持有人，而是將冥鐮交與皇甫秋清？」劉昶瑾道，「這就跟業鏡和我之間的關聯一樣。冥器，從頭到尾只有一個主人，沒有唯二，更不能量產。」

皇甫洛雲聞言，說道：「可是……陸儀呢？」

既然冥器不能交接，那生死簿又怎麼說？

「生死簿限定準判官和文家可以使用，那不一樣。」劉昶瑾擺手道，「有些事，我很想跟你說，但……我只擔心你承受不了。畢竟我是真的把你當朋友，沒有欺瞞的打算。」

劉昶瑾越說，皇甫洛雲越是不安。

他這朋友越來越像是要交代遺言的人啦！有誰可以阻止他呀！

「皇甫，你不要逃避我，先聽我說完！」劉袓瑾難得有些生氣，揚聲道，「不是我在交代遺言，而是這件事過後，只怕下界叫我回去呀……」

「說、說得也是。」

皇甫洛雲差點忘記下界現在被深淵封閉著，解決完這件事，他們還要把下界的封印解決。封印一旦解除，冥府看到人間這般混亂狀態，鐵定會昏倒。

見皇甫洛雲終於安分了，劉袓瑾抬手，一抹白光出現在他的掌心，然後他將白光朝皇甫洛雲的心口打去——

瞬間，意識中斷。

皇甫洛雲回過神時，他看到他在無數個有顏色大門的面前，他的耳邊傳來虛無飄渺的音色。

「去找白色的門。」

那是劉袓瑾的聲音，皇甫洛雲立刻尋找劉袓瑾所說的門。過了些許時間，他將門打開，冷風從內中灌出，他踏了進去。

那是一處看似人間，卻沒有白日，只有黑夜的孤寂之地，這裡是冥府，是死者生存之地。

——想知道冥鐮持有者是怎麼失蹤的嗎？

皇甫洛雲正視了自己是持有者的身分，但對於自己為什麼會拋棄了職責而轉世到人間，他很想知道，但冥鐮卻未顯現，彷彿被遮罩了這部分的訊息。

「您覺得呢？」

皇甫洛雲看到前方有兩人，下跪之人正低頭說話，另一名身穿袍裝的青年，正冷然地對著下跪之人。

青年的樣貌大概是某人歲數再加八的成熟感，皇甫洛雲不會錯認他的損友劉袓瑾。劉袓瑾是要給皇甫洛雲看他的記憶？

「持有者失蹤，業鏡和生死簿逃難了。」劉袓瑾——在這時應該是十王吧？只是皇甫洛雲不知道他是十王的哪一殿主人。

「您知道原因嗎？」跪著的那人又說：「大人們需要您的解釋。持有者消失，十王之位瞬間缺一，您是唯一持有冥器的十王，剩下的八位大王還在等您說明。」

「判官呢？」

「已經問完話，他離開了。」跪在地上之人不敢抬起頭。

劉袓瑾抬起眼，口氣依然十分冷淡，「人去哪？」

「轉世，大人們要他去人間找尋生死簿。」他說道：「他們懷疑生死簿去人間了。」

「因為冥府遍尋不著那位嗎？」劉袓瑾微嘆口氣，他的職位是管進去的人，不是管出去呀！沒想到，出問題的可能是最後一殿。

或許正因為那個人職掌的是轉輪殿，所以才能夠在所有人的眼皮底下弄走冥鐮持有者，也夠讓自己進入轉生，也無人從轉生臺找出任何資訊。

「轉生臺打算怎麼處理？」劉昶瑾問。

「目前轉生臺加上了禁制，所有進入的魂魄都會被紀錄，轉生亦同。」

「起來吧，我現在就要過去了，你先去跟他們說。」劉昶瑾揚手，下了這道命令。

「是。」那人起身，在劉昶瑾的面前離開。

劉昶瑾看著離去的人，將手深入另外一隻手的袖子之中，拿出一張折疊的紙，他朝紙瞅了一眼，微嘆口氣，將紙張收了回去。

「持有者的消失，是否是警訊呢？」

劉昶瑾喃喃著，而這時有他人的聲音傳入他的耳中。

「這代表冥使計畫可以執行了吧？」

劉昶瑾朝聲音發源地望去，看到一名身穿黑色大衣的青年，微嘆口氣道，「柳，你怎麼下來呢？」

「聽到好玩的事情，不下來就太對不起我自己了。」柳逢時笑看附近，對他說道：「打個商量，幫我一個忙。」

「說吧。」無事不登三寶殿，「既然人來了，不答應你應該會賴在這裡不走？」

「真瞭解我呢！」柳逢時淺笑道，「我需要第二殿的判官，你可以幫我跟他說嗎？」

「……你是不是人呀，連判官也要搶？」

「哈，我是死人，只是小小的一縷幽魂，現在下界鬧這麼大，不先把宓兒弄出去，只怕之後要她幫我就難了。」

「……總要給我些好處吧？」劉昶瑾無言了一下，他被一些冥府官員號稱十殿最好說話的王，現在連人間冥使都敢找他要人，看來他要反省了。

「宓兒去人間，主要目的是希望人間和冥府之間有個好的橋梁……身為第一殿之王的你，應該感受很深？」然後，柳逢時又道，「持有生死簿的判官被送入轉生臺尋找生死簿，身為業鏡主人的您，您覺得，你不會去人間的機率有多高？」

「幫我處理好，我去幫你搞定第二殿。」

劉昶瑾自然曉得自己逃不過這一劫，他便用這方式來當作條件交換。

說完，劉昶瑾直接甩手離開。

皇甫洛雲眼前的景象也在此中斷，然後視線轉移，來到了柳逢時的辦公室。

「唷，這模樣挺適合您的，您這模樣跟下界完全不一樣呀！」柳逢時露出一抹賊笑，如此說道。

在柳逢時的眼前是身穿帽T的小男孩，他慵懶地看著柳逢時，眸中透出不屬於孩童的老成神色，他張起唇，吐出小孩的嗓音：「……少在那裡調侃我。」

「果然被派上來找業鏡了是不？」柳逢時笑著問道。

「嗯。剛好屆滿——官方說法。」劉袓瑾無奈點頭，他抬起手，左手的花印記泛起，「今天找你，是要你忘記一件事。」

「您找到了？」柳逢時笑著說道。

看著那泛起光芒的花印記，這是代表劉袓瑾找到了業鏡。

「雖然不想這麼做，但是……隔牆有耳呀！」劉袓瑾嘆道，「無巧不成書，我需要防範所有的可能。」

「這我可以理解，一切都是註定的。而且遺忘你也會給我一些好處是吧？」柳逢時一點也不在意，對於三冥器之一的業鏡下落，能少一人知道自然要少。

畢竟冥器持有人又換不了，若是不小心透了口風，危害到劉袓瑾那就糟了。

「給你一個線索，你可以去收留那個人。」劉袓瑾說，「連殷分部的連殷嗚，他是你需要的戰力副手。」

說完，劉袓瑾的左手泛起強烈的光芒，將整個柳分部完全包圍，光芒消退後，劉袓瑾也消失在這間分部之中。

劉袓瑾趁機動了點手腳，柳逢時不再記得劉袓瑾就是業鏡持有者、也忘記他的十王身分，只知道是與下界關係匪淺的繼任制度的分部部長。

但他還是隱約記得劉袓瑾曾經與他認識，要不然他也不會聽到蕭安聞那突然脫口而出的口頭禪，便認定他與蕭安聞有些淵源。

皇甫洛雲眼前場景又轉，這次是漆黑無星的深夜，那是皇甫洛雲熟悉的巷弄。

他可以聽到耳邊傳來友人的嘆息聲，這讓他很緊張。不知怎地，他對於接下來即將要看到的狀況，有著難以言喻的抗拒感。

他看到一名白髮蒼蒼的老人在路上漫步著，夏天的夜晚十分涼爽，他悠閒散步，輕鬆地看著附近那看到爛掉的景色。

「爺爺？」

皇甫洛雲詫異地看著老人，吐出詫異的音色。

「這是最後了。」他正想要問劉袓瑾，劉袓瑾卻先堵住他的回答。

他看爺爺走著走著，走到一處路燈之下的瞬間，附近頓時被黑色的結界包圍。爺爺的身影沒入其中，而他的視線也來到內裡。

皇甫洛雲左手的花印記很燙，似乎要皇甫洛雲快點從這裡離開，不要再繼續看下去。

「讓我看吧。」皇甫洛雲將右手手掌蓋住花印記，對著他的冥鐮說著，「其實你很想給我看，但是你不敢吧？沒關係，再怎麼難面對的我都面對了，這一點，沒關係的。」

皇甫洛雲一直以來都很想知道他的爺爺是怎麼死的，劉袓瑾這個做法剛好可以達到他想要知道的目的。

就來看吧！

不然這件事一直擱在他的心頭，沒有除去也只怕會變成化膿的創傷。

皇甫洛雲左手的花印記泛起光芒，讓他得以看清事實全貌。

結界之中，爺爺的樣貌變成了青年模樣，對於自己身上突然出現的怪異之處，他一點也不訝異。

「皇甫古董店之主。」黑暗裡，迴盪著難以分辨的嗓音。

皇甫秋清露出一抹笑，看了看附近，疑惑道：「嗯？找我有什麼事？古董店關門已久，雖然不知道您是那位，看在我已經沒有處理這任務的分上，請您回去吧！」

「冥鐮。」

此話一出，皇甫秋清頓住了身子，他瞇起眼，笑著說道，「您在說什麼呢？古董店內的器具早已搬光，這裡只剩下沒有用的廢鐵……當然是對您而言，那些東西就算派不上用場，對我來說還是個珍貴的孩子呢！」

空氣中迴盪著諷刺的哼聲，皇甫秋清抬眼看著周圍，對於潛藏在暗處之人，要他不戒備著實難。

他暗中拿出黃色符籙，平常在家太無聊，偶爾寫寫符紙賣給與他認識的道家，還好今天帶上一批要賣人，剛好就有人找他麻煩。

等等脫困還要跟對方說抱歉，符紙下次補上。

「既然沒有，你這個空殼古董店主人也不需要存在了吧？」

虛無的嗓音浮起，皇甫秋清戒備多增加三分，看來對方打算滅口？再過一兩個禮拜孫子要找他玩，若是在這裡完蛋，那可就糟了。

畢竟藏在古董店深處的冥鐮還沒有主人認領呀！

想到這裡，皇甫秋清拋出符紙，並打出一張符，想要把結界穿破逃出去。

「別耍小聰明！」

聲音如是說，而下一秒，他看到眼前出現一抹黑芒，他趕緊向後一退，躲過那攻勢。還好現在他身體是年輕的型態，老態龍鍾的身體可躲不起！

「你！」皇甫秋清看到來人，詫異出聲。

這個紅髮的人不就是他孫子的好友？

皇甫洛雲每次回到家裡，都會跟他說他好朋友的事情，像獻寶一樣，給他照片看。對於孫子好友的樣貌，他都沒有忘記。

「殺了他。」

聲音命令，有著雜亂紅髮的青年抬起頭，顯露出那毫無生氣的眼神。

「中蠱了？」見多識廣的皇甫秋清一眼就看出所以然來了，他拿出黑色符紙，直指著姜仲寒，「這孩子……你這個喪盡天良的傢伙，居然連這逆天之事都幹得出來？」

皇甫秋清抬起眼注視著某處，又道，「以為邪道猖獗，卻沒想到居然是有心人所為？」

老人家的興趣是散步聊是非，對於最近莫名湧出的新興教派，皇甫秋清倒是很好奇。

只是一探之下，卻發現這是一個危險的教派。

「前任十殿的轉輪王，你還有曾經為下界之王的氣度嗎？」

皇甫秋清沉聲，他有著自己的情報網，那源自於冥鐮，他和這來自於冥界被封印的可憐小孩當上了朋友，雖然封印擋住了冥鐮的氣息，卻阻擋不了冥鐮的神識，它對皇甫秋清而言，是個需要有人陪伴的小孩子，雖然陪伴時間只能在夢中。

但透過冥鐮，他看到了失去主人的經過……同時也發現冥鐮主人與他的孫子有些相似。這就是下界非得要他收留冥鐮的原因？

當然，冥鐮也給他看讓他主人失蹤的凶手模樣，那是十殿十王，掌管第十殿的轉輪王。

會在這時間點上跟他要冥鐮的人，也只有這位了。

「真不愧是皇甫古董店之主。」像是被人穿破了身分，他也無須遮掩，直接顯露出他的樣貌，那是戴著黑框眼鏡身穿冥使穿著的黑色大衣的男子。

皇甫洛雲見到黑衣男子，更加震驚了，「真的是學長？難怪！」

「既然被識破了，我也不能留你了。」

皇甫秋清聞言，像是聽到什麼好笑的話語，冷然一笑，這人應該沒打算放過他吧？不然也不會半路做結界專程堵他。

更別說是他已經看穿那名青年「蠱」的身分，在揭穿的那一刻，更是不會放過他。

黑符緊捏，皇甫秋清仰仗現在的年輕身體，出手也不打算留手，畢竟現在可是攸關自己的生命問題。

「殺了他。」男子下命令，身影隨即消失。

皇甫秋清驅使符咒抵擋姜仲寒的攻勢，看著他那空無一物的雙眸，低聲嘆道，「還只是個孩子呀！」

想到這人是孫子的朋友，不免替皇甫洛雲擔憂，若是他回去了，怎麼跟他問問姜仲寒的事呢？現在也不允許他思考這些煩心事，他只能先將姜仲寒制服再說。

「殺、殺呀！」

不知何時，周圍盡是惡靈，它們發出喧鬧的叫聲，有大有小，有哭有笑，全都等待皇甫秋清死亡的那一刻。

皇甫秋清揚起空著的手，拋符紙將惡靈打得七葷八素，並驅動符咒攻擊姜仲寒。

蠱是最麻煩的，一是他不知道蠱的真身，二是不曉得那位前任十王的名字，不然他一定可以將蠱蟲驅除。

除非他將姜仲寒打昏帶走，不然去蠱一事鐵定難以處理。

如果姜仲寒的靈魂還有一絲清醒，或許可以壓制蠱毒。

只是片刻的思考，卻給了姜仲寒攻擊的機會，他抓著一隻惡靈，把它捏成利刃朝皇甫秋清砍去，皇甫秋清見那疾來的刀，立刻拋符反制，但這同時，附近空間出現異狀，回到那無星夜空的街道上。

皇甫秋清被打回了老人的原形，無法閃過，只能放任自己被那利刃刺中，他感覺腹部一陣刺痛，饒是如此，皇甫秋清也不是省油的燈，他將黑符打出，擊中了姜仲寒，並沒入他的身軀之中。

現下只能盡人事，聽天命了。

拋出黑符，這是皇甫秋清的手段，姜仲寒身軀被打入黑符，他全身一顫，眸中閃出一絲光彩，但又瞬間熄滅。

他來到皇甫秋清的身前，怨氣凝結，化作一把黑色鐮刀，他冷眼看著皇甫秋清，一刀了結——

皇甫洛雲見爺爺即將魂斷姜仲寒之手，心懸在半空中，很想要揮刀拯救自己的爺爺，這時，一道破空聲傳入，白光將姜仲寒整個人驅走。

「沒事吧？」

腳步聲從遠處傳來，聲音亦是，皇甫秋清先是朝傳來聲音的地方看去，對方散發的氣息很乾淨，周圍的怨氣惡靈不知何時逃到消失了。

聽到對方這麼問，皇甫秋清這才檢查自己的傷勢。

被姜仲寒打傷的傷口早已消失不見，這讓皇甫秋清心底油然生出不妙的預感，果然，下一秒預感應驗。

「唔！」他抱著胸口，感覺心臟位置不規則的刺痛，似乎有什麼東西在攪亂他的五臟六腑。癒合的傷口宛如毒藥，一直侵襲他的身軀。

「怎麼了！」原本悠然前進的人，見到皇甫秋清的模樣，立刻跑了過去，在路燈之下，皇甫洛雲看到那人正是劉昶瑾。

劉昶瑾蹲下身檢查皇甫秋清的傷勢，看到他那痛苦模樣立刻發動冥器打開結界。結界之中，皇甫秋清變回年輕樣貌，而劉昶瑾也因為使用了業鏡，在業鏡的效力之下，變回他本來的樣貌。

看到來人，皇甫秋清露出一抹笑，「唷，原來是大人您呀！」

皇甫秋清見過劉昶瑾很多次，在他年輕的時候，不只城隍會來找他，這個掌管第一殿的王有時無聊也會偷偷離開下界來到人間透透氣。

而地點自然也是皇甫秋清的古董店，如果被部下發現他不見了，那麼他一定會在古董店出沒。

「怨氣入體。」劉昶瑾皺眉，冷然的話語從唇中溢出。

「會怎樣？」皇甫秋清明知故問，現在在結界之中，感覺不到惡化的狀況。

劉昶瑾偏頭看著皇甫秋清淡淡說道：「會死。你有遺言嗎？」

「唉，早知道今天就不要外出散步了，看不到我孫子有點可惜呀！」這話說得有些逞強，但該說時間到了嗎？

因為他的相助，下界願意庇蔭他，給了他很多的福澤，現在就是收回的時候？

「……沒說要殺你，皇甫會傷心的。」

這話讓皇甫秋清愣了一下，釋懷笑道，「哎呀，我的孫子還有一位好朋友呀！」

「這樣就沒關係了，有孫子的朋友送我，我有點害羞呢！大人，我們打個商量，我死後可以不要把我遇到的狀況跟我孫子說？他會嚇死的。」

「我知道。」劉袓瑾沒有對皇甫秋清說他也認識姜仲寒的事實，不用皇甫秋清多說，他也知道這不能讓皇甫洛雲知曉。

皇甫秋清粲然一笑道，「謝了，那麼，我們下界見？」

劉袓瑾點頭，抬手說道：「我送你下去吧！解除結界你會痛死的。」

語落，劉袓瑾揚起手，手掌般大的鏡子浮現在他的掌心之中，鏡面的金色蓮花鏡框讓皇甫秋清露出了然神色。

「這個。也請你下去後保密了。」劉袓瑾故弄玄虛地抬起手，做出噤聲動作，白光炸起，透出金色的光彩，將皇甫秋清包圍。

結界散去，地上倒著一名老人的軀體，劉袓瑾毫不留戀的離開。

影像在此截斷，回到了接待室中。

爺爺的死亡之謎突然就此解開，要殺他爺爺的是姜仲寒，讓他爺爺解脫的是劉袓瑾。

這要說命運還是緣分？皇甫洛雲露出複雜神色，注視著劉昶瑾。

「這是你想知道的。」劉昶瑾說，「這就是我所隱瞞的一切。當然，皇甫秋清刻意隱藏的事實也是剛才才知道。」

畢竟冥鐮也終於決定讓皇甫洛雲看到實際經過，不然以劉昶瑾來說，他看到的也只有前面跟尾巴。

要打破一個結界把人救出，也是需要時間的。

只是他沒有看到幕後黑手，若是他在那時看到了蕭安聞，現在也不會變得這麼棘手。一切都是天註定，時機未到就是什麼也瞧不見。

「如何？」劉昶瑾問。

「阿昶，你這個陰險小人！」皇甫洛雲死目，原來他早就知道爺爺已經掛掉了，當時他還抓著劉昶瑾抱怨爺爺驟逝，家裡混亂的狀況。

瞬間覺得自己跟白痴一樣。

「接下來你要怎麼做？」劉昶瑾反問。

「混蛋！這是我要問你的吧！」皇甫洛雲氣得直跳腳，要不是蕭安聞擺明掛著幕後黑手這四個字，不然他會是第一個懷疑劉昶瑾是主導混亂發生之人。

這麼重要的情報隱匿到現在不說，劉昶瑾是嫌事情不夠混亂？

「原本是有要說的意思。」劉昶瑾聳肩道，「但我不想這麼短命。還有皇甫你是不是罵錯人了？蕭安聞跟你爺爺的對峙影像也是冥鐮給的部分，我原本只能讓你看到持有者離去之後的狀況，和我陰錯陽差地救了你爺爺，我也不小心暴露我的身分，還好蕭安聞沒有折回來，不然暑假你會收到我的死訊。」

撇開可能的問題，當時劉袓瑾又是使用業鏡、又是變回原本前世模樣，若是讓冥府知道，鐵定會要他回陰間報到，不要留在人間。

也因為這項考慮，再加上皇甫洛雲尚未察覺自己的身分，他也不好告知。再者那時狀況不詳，又有黑手的情況下，他也不能打草驚蛇，讓對方以為他都沒有察覺。一旦讓對方知道他已經注意到了，一直在暗處行動，不由暗轉明，這也是最大的麻煩與痛處。

皇甫洛雲聞言，只能苦笑，但還好有冥鐮加補的記憶段落，意外得知皇甫秋清還留有一手。黑符的功效或許是能夠將蠱毒消除的關鍵。可是劉袓瑾又擔憂黑符其實早已有了成效，而姜仲寒是瞭解自己的作為而下殺手。

這一切也要等到他們見到了姜仲寒才能知道吧？

而找尋姜仲寒的工作則是落在皇甫洛雲的身上。

「皇甫，接下來他就交給你了。」劉袓瑾擺手，推開接待室的大門直接離去。

而他一踏出，柳逢時便在外面站著。

「時間還有多少？」柳逢時問。

「綽綽有餘。」劉袓瑾挑眉，如此說著。

抓人，他的時間還很夠。

他揚起左手，花印記泛起淡淡白光，而柳逢時和劉昶瑾一同消失。

門沒有關上，他目送了他們的離去，皇甫洛雲用力拍了拍自己的臉頰，提起精神走出接待室。再接待室旁邊，甄宓無聊地打著呵欠，文陸儀露出緊張神色，她們兩人都在等他。

「該出發了？」甄宓問。

「要去哪個地方？」文陸儀也拋出疑問。

「去公園？」

「去古董店？」

古董店內還有一些禁制，使用那個或許可以牽制姜仲寒的行動。

「個人建議找一個制高點行動。」甄宓說，「你那朋友會驅使怨氣，找個空曠又高的地方，我們在上面當箭靶子，我不相信這樣你朋友會看不到。」

如果要去外面，那他們就要先去做一些前置作業了。

「符夠嗎？」甄宓笑問。

「嗚那裡好像有多的古董店符咒。」既是如此，皇甫洛雲只能跪求連殷嗚吐出那些好用又威力強的古董店符咒。

皇甫洛雲一臉赴死模樣，準備前往辦公室。

「你們要符？」文陸儀小聲道，「神寫的符可以嗎？」

皇甫洛雲聞言，立刻朝文陸儀看去。

文陸儀不安搓手，小聲道：「以前南斗怕我出事，經常寫符要我帶著防身。他寫的符都會帶點神力，還不錯用。」

「有神符加持，應該不錯。」甄宓立刻倒戈。

「你們要幾張？」文陸儀問。

「上千張吧？」

一千也算保守，其實她挺想要拿個萬來張，擺出誰也逃不掉的大陣。可這一擺出來鐵定要花個十來天，甄宓只能作罷。

「我、我只能給你們十來張……」文陸儀快哭了，她沒有這麼多張供他們揮霍呀！

「我去找鳴。」皇甫洛雲心死，看來他還是要抱著被開槍的覺悟去找連殷鳴。

混蛋！早知道就不要讓連殷鳴去搜刮古董店的符咒，不然他們現在也不需要這麼煩惱啦！

皇甫洛雲無奈，只能去找連殷鳴拿符。

「等一下。」甄宓抓住皇甫洛雲，挑眉道，「不需要這麼麻煩，柳分部還有庫存。」

「啊啊！對呀！」皇甫洛雲差點忘記分部有符紙。「好用嗎？」只是他們要的不是一般符紙，而是有灌注力量或是加持過的呀！

「當然好用，我寫的符咒會不好用嗎？」

甄宓揚手拿出器具搖著。皇甫洛雲見狀，點頭如搗蒜道：「當然可以！」

生死簿附屬的器具豈是俗品，寫出來的東西當然可以用。

物品備齊，他們的誘餌作戰也可以開始了！

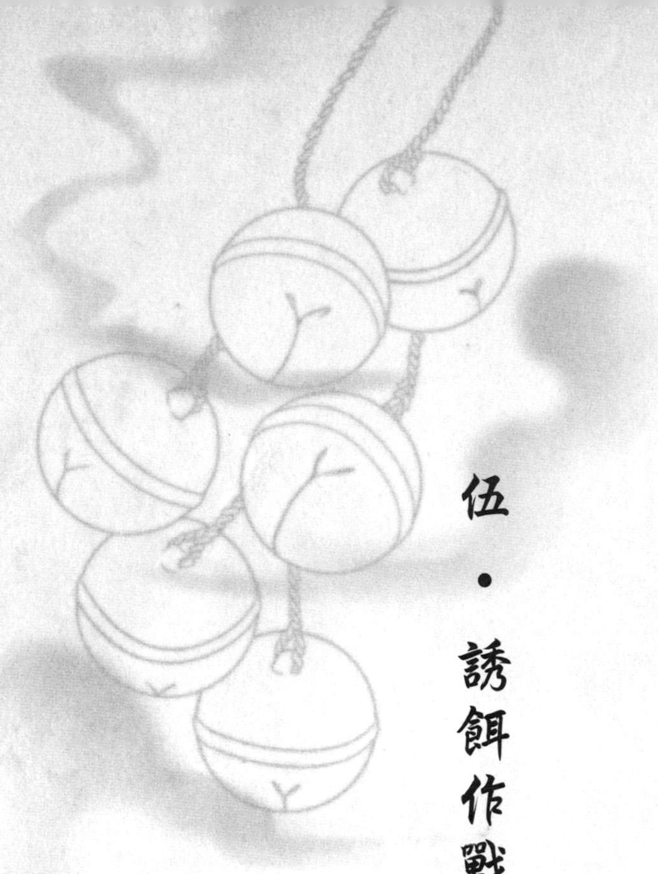

伍・誘餌作戦

皇甫洛雲發現，先前看過連殷鳴當過暴發戶揮霍符紙之後，現在看來，深深覺得當時的用法根本是小兒科。

他看甄宓先用器具勾勒出法陣雛形，指揮著他和文陸儀擺陣，心底越是有這樣的感覺。礙於時間關係，甄宓的法陣力求簡單可以立即達到效果，自然揮霍的符籙也不能只是個凡品。

皇甫洛雲還是冒著生死危機跟連殷鳴拿了古董店符咒，加上文陸儀自願供給的神力符咒，以及甄宓用春秋輪迴筆書寫，蘊含器具威能的符咒。

這三種截然不同，威力驚人的符咒一旦搭配在一起，再怎麼簡單的法陣也看起來像是殺傷力十足的凶器。

「皇甫小弟，我們速度要快一點！」甄宓仰頭看著星月無光的夜空，上面都被怨氣盤繞，空氣充滿著滯凝難以喘息的氛圍。

雖然皇甫洛雲和文陸儀目前處於隱身狀態，且上空的怨氣本身也不是具有思考能力的惡靈，自然對他們的行動無感。但時間再慢，只怕那些潛在暗處的惡靈會察覺到他們的意圖。

皇甫洛雲連忙布陣，只要前置作業完成，他跟文陸儀就能解除隱身。

「步驟不能亂。」甄宓指揮道，「一個弄不好，只怕法陣會轉成別的種類的陣法。」法陣繁複瑣碎，多一個少一個，排錯一個便有可能變成無效用的東西。

「好了。」文陸儀抱著生死簿，如此說道。

「做得好！」甄宓讚賞地豎起拇指，看了看附近，對他們說著，「解除隱身！」

皇甫洛雲和文陸儀解除身上的符咒，同時發動手中的冥器力量，藉由法陣擴散。

他們位在高處，一方面是方便觀察敵方從何處動手，另一方面則是——

「第一階段法陣開啟，皇甫小弟跟文小姐注意冥器的發動速率！」甄宓又道，「皇甫小弟，小力一點！冥鐮的淨化光快要把我的法陣撐爛啦！文小姐繼續保持，用這效果穩住被怨氣附著的人魂，並將那些惡魂全都鎮住收入生死簿。」

這是甄宓最主要的打算，他們也不是傻傻的等姜仲寒或是蕭安聞出現，在等候的期間，能順手宰掉怨氣惡靈自然也要順便砍一砍。

甄宓看著兩大冥器合作無間，發揮了一等一的效果，唯二的三冥器才發出一丁點的功能便已收光附近的怨氣了，若是三冥器全數到齊，一同使用，人間的怨氣應該會瞬間掃平。

想到這裡，甄宓心底也希望柳逢時那邊可以順利完成，只要他們將業鏡奪回，一切都好辦。

「這裡有冥使！」耳邊傳來喧囂的噪音，皇甫洛雲側頭張望，發現一隻惡靈大聲嘶吼。

順著聲音，附近也冒出一個個惡靈。

「學不會教訓的冥使。」

「死吧！」惡靈嗤嗤竊笑，召集同伴打算用人海戰術圍剿冥使。

皇甫洛雲不打算慢慢等惡靈聚集完畢，冥鐮上手，用力一揮——

淨化光芒憑空劃出，將惡靈們應聲斬開將之淨化，文陸儀見狀，用生死簿將附近的怨氣驅趕，生死簿畢竟不是像冥鐮一樣，是個攻擊型武器，她只能把目標放在怨氣上面，不讓怨氣成為惡靈的養分。

截斷了怨氣，召集的惡靈也被皇甫洛雲的冥鐮摧毀，惡靈們察覺到這次的冥使很難對付，發出狂亂的咆嘯聲，吸引更多強力的惡靈凝聚。

「兩位加油呀！」惡靈越來越多，代表附近的怨氣濃度越來越厚，甄宓張起第二層法陣，讓惡靈有進無出，不讓它們逃出生天。

對於一下子凝聚過多惡靈，甄宓忍不住挑眉看著他們建構的法陣，她希望姜仲寒快一點過來，若是被惡靈們逼到張開第三層法陣，那可就前功盡棄了。

因為他們只張了三層，最後一層才是殺招。

皇甫洛雲自然也曉得這個道理，冥鐮刀風越來越利，砍惡靈的速度越來越快，附近的怨氣被冥鐮光芒掃視皆化作淨化的光芒。

皇甫洛雲看著這如雪片一般的光點，向後一退，拋出符紙，大喊：「霜！」

冥鐮之名喚起，白色的刀刃上霎時浮現出「霜」的篆體字樣，冥鐮綻起光芒，許多惡靈見到冥鐮光輝被震懾得無法行動，雙眼皆被雪白的鐮刀吸引著。

皇甫洛雲揮動冥鐮，周圍的淨化白光運轉，一口氣將惡靈們全數淨化。

「剛剛藉機開始一點點鬆動深淵，它們被送到冥府了。」皇甫洛雲轉身，黑色的眸中透出一絲金色光彩，但一眨眼，雙眼又變回了黑色。

甄宓看著皇甫洛雲的異狀，心想這是不是冥鐮本身的力量？在三冥器裡，冥鐮的功能是最為神祕，再加上可以完全淨化的功能，讓她聯想到天界之人必備的淨氣。

「淨化的光送到冥府，希望可以舒緩一下冥府的怨氣。」皇甫洛雲看了看冥鐮一眼，想到冥府入口被深淵堵著，只怕冥府遲早會被深淵吞噬，希望送回去的淨化靈魂所附帶的光彩可以幫點忙。

此時，一股熟悉的惡寒從四面八方湧來，皇甫洛雲戒備周圍，對甄宓道：「宓姐，來了！」

甫一說完，皇甫洛雲立即揮刀，但敵不過突如其來的黑色刀風，刀風霎時刺入結界，硬是碎了兩層甄宓張起的法陣！

「什麼！」甄宓大驚失色，構成結界的符咒並非俗品，居然被人秒破！

皇甫洛雲對甄宓大喊，「宓姐，顧好陸儀。」

他們之中唯一要擔心的也只有文陸儀，皇甫洛雲將腦袋的思緒淨空，專心應對敵手。冥鐮揮出白光，將竄入的惡靈全數解決。

同時皇甫洛雲還不忘拋出符紙，將甄宓的法陣重新建構。

甄宓見狀，立刻拿出她的器具，這次她可不想管祕密不祕密的，現在是保命最重要。器具偽裝解除，春秋輪迴筆解封，甄宓揚起持著筆的手，大喊：

「春秋輪迴筆！」

筆泛起白光，甄宓以天地為書畫，將那些怨氣紛紛圈住，她回頭對文陸儀喊道，「文大小姐，生死簿！」

文陸儀見狀，立即張開生死簿，「回、回來！」

話音一出，生死簿泛起光芒，書頁顫動，白色的絲線從書中噴發而出，將所有被甄宓畫上的惡靈紛紛收入生死簿之中。

甄宓再揚手，大喊：「開！」

暗藏的第三層法陣張開，以最高點的地利之便，甄宓將法陣效力擴散，方圓五公里的惡靈皆無法動彈。

當然就連與姜仲寒一起行動的惡靈亦同，無一倖免。

法陣開啟，持著黑刀的姜仲寒也顯露出自己的位置，他的怨氣披風落入地上解體消失。

皇甫洛雲見狀，暗自鬆了一口氣，從方才到現在不間斷的攻擊讓他毫無喘息，這下子終於可以休息一下了。

「皇甫小弟，不要鬆懈！」甄宓注意到皇甫洛雲鬆懈下來，大聲說道。

皇甫洛雲聞言，趕緊凝起精神，以免被人鑽空子。

雖然姜仲寒近在眼前，皇甫洛雲也不敢太靠近，看他抬眼凝視著自己，實際上他的眼眸裡根本沒有他這個人。

皇甫洛雲看著甄宓，對她問道：「宓姐，這樣可以了？」

「嗯，第三層結界構成是要讓怨氣惡靈無法動彈，別忘了你的朋友是怨氣蠱毒的附著對象，他自然也是動不了的那位。」

皇甫洛雲點頭，摸索口袋拿出符咒。

他要先把姜仲寒綁起來，再將蕭安聞引出，若是不綁，不小心一次對付兩名棘手對象，皇甫洛雲自認沒這能耐。

於是，皇甫洛雲發動符咒，招雷把姜仲寒電昏。

「附近沒有怨氣了。」

皇甫洛雲把姜仲寒電昏綁好了之後，文陸儀手中的生死簿光輝沒有收起，持續發動中。對於自己的生死簿使用方式，文陸儀越來越上手，還挖掘出一些新的用法。

這還得要感謝持有春秋輪迴筆的甄宓，文陸儀沒想到輪迴筆跟生死簿搭配起來效果驚人。

文陸儀的目光甄宓都看在在眼裡，她淺笑說道：「別貪心呀！有生死簿就好了，不要打我的春秋輪迴筆主意。」

「我、我沒有！」文陸儀沒想到她的眼神讓甄宓誤會了，她趕緊解釋。

「哈，開玩笑的，不要認真。」文陸儀的反應逗甄宓發出咯咯笑聲，她揮手道，「我們先把法陣修好吧！等蕭安聞過來可能又是一場激戰。」

更別說是引來了蕭安聞，很有可能連柳逢時和劉祂瑾一起出現，趁這空檔時間，甄宓還要將法陣加點工，以免被人輕易打破。

不過，皇甫洛雲有別的想法，「我們不如趁這機會繼續把怨氣消除？」生死簿加上冥鐮的效果挺不錯的，若是可以乘勝追擊，人間怨氣一同淨化，不啻是一件好事。

「別。」甄宓搖頭道，「別忘記社區怨氣的下場。人間怨氣突然暴增和擴散一定是有媒介在搞鬼，我們只能把現象消除，沒有把導致結果的成因解決，問題還是一樣在眼前，無法處理。」

皇甫洛雲目光移到姜仲寒身上，或許……他會知道？

而皇甫洛雲的眼神也給了甄宓提示，「對呀！既然他人在這裡了，他應該知道媒介在哪裡？」

「叫醒他？」皇甫洛雲問。

「嗯，交給你了。」

甄宓拋下話語和文陸儀處理法陣去了。

皇甫洛雲緊張地嚥下唾沫，抬手朝姜仲寒臉伸去，他將手停在姜仲寒的耳旁，用力地打了響指——這一彈，姜仲寒立即睜開雙眼。

這次是近距離的四目相接，皇甫洛雲忍著那複雜的情緒飄出，盡量放空腦袋，把姜仲寒當成不認識的人，不讓自己的眼睛就這麼飄離他處。

「……人間的怨氣，」皇甫洛雲張起唇，意外地讓他差點說不出話來，「你知道媒介在哪裡？」

姜仲寒看著皇甫洛雲，眸中霎時出現一抹譏笑的神色，皇甫洛雲心底差點漏跳一拍，一臉緊張。

只是下一秒，姜仲寒的神色又變回那毫無聚焦的空洞雙眼。這讓皇甫洛雲心情難以冷靜平復。難道爺爺的黑符還是有效果？

但現在不是讓他胡亂想的時候，皇甫洛雲收起冥鐮，雙手用力向下，搭在姜仲寒身上，「告訴我，媒介，在哪裡！」

鏗鏘有力的話語從唇中溢出，他可沒有這閒暇時間跟姜仲寒瞎混。

「主人，不會說。」姜仲寒吐出木訥的嗓音，皇甫洛雲微瞇起眼，向後退了一步。

他拿出一張符紙，打算逼迫姜仲寒回憶說出。

「皇甫小弟，你在幹嘛？」甄宓設置法陣到一半，注意到皇甫洛雲的動作，立刻出聲喊著，「別做無意義的事！那個人現在只是個活動蠱毒，一個不小心會被吞噬的。」

「可是！」皇甫洛雲想不到其他的方法。

「告訴你最快的方法。」甄宓橫了皇甫洛雲一眼，冷淡說道：「若是這身軀還有魂，你一刀了結他，魂魄從蠱毒脫出時，你要問什麼他應該都會回答。」

「殺……」皇甫洛雲內心震盪不安，要殺他的朋友。難呀！

重新看到了姜仲寒，明知道拯救這個人非常難，但他還是……

「對他好，就一刀了結他，不要讓他危害世人……」

猛地，一道強而有力的話語貫穿了皇甫洛雲的心頭，他起了一個激靈，露出複雜神色。他怎麼又來了呢？

先前的教訓統統都忘光了嗎？連殷鳴勸戒的話語言猶在耳。他也因為姜仲寒重傷了連殷鳴而後悔不已，不能因為連殷鳴傷未死，便把姜仲寒所做的一切統統忘記。

皇甫洛雲冷靜了，也不再糾結在這上頭，畢竟這問題轉來轉去都在死胡同裡。

他向前，冥鐮上手，刀尖對向姜仲寒，「媒介，在那裡？」

姜仲寒冷冷地看著皇甫洛雲，雙唇緊閉，就是不說出。皇甫洛雲瞇起雙眼，冥鐮抬起，他忍住想要顫抖的雙手，目光轉移到姜仲寒的胸口。

蠱有自己的棲身之所，如果怨氣為蠱，它躲藏的地方說不定是腦袋就是心臟。但心臟的機率比較高，若是怨氣蠱毒棲息在此，可以隨著血液流動全身。

皇甫洛雲心一橫，冥鐮用力揮下——

怪異狂風頓時捲起，讓皇甫洛雲忍不住閉上雙眼，刀尖頓了一下，重新睜開眼時，姜仲寒已經在他的眼前消失。

「怎麼回事！」

☾　☾　☾

「還真險呀！」

不遠處，蕭安聞站在附近高樓上，他的目光冷然地看著那擺放的陣法，忍不住發出諷刺笑音。

「我可不希望這麼好用的玩具在這節骨眼上被人毀了呀！」

姜仲寒還有用處，蕭安聞可不會眼睜睜地看著他所費心養出來的蠱就這麼被毀了。

他冷然地瞥了被他救出、扔在地上的姜仲寒一眼，只見他緩緩爬起，半句話都沒有吭出。這讓蕭安聞眸中的寒意更盛。

「該準備了。」

「是，主人。」姜仲寒發出木訥嗓音，周身捲起怨氣的風，怨氣化作披風包裹著姜仲寒的身體。

他向前，腰間傳來叮鈴的鈴鐺聲。

蕭安聞目光微垂，看著那串掛在姜仲寒腰上的鏽蝕鈴鐺。那是他所收集的深淵，之後被姜仲寒回收之後，他就沒有拿回來了。

「深淵。」蕭安聞輕推眼鏡，把手伸了過去。

姜仲寒見狀，將鈴鐺一整串遞給了蕭安聞，他看到一串鈴鐺朝他靠近，忍不住皺眉，「一顆就好。」畢竟深淵不好製造，別太浪費。

這次姜仲寒只遞上一顆，蕭安聞抬手接下一顆，看著那前方異常刺眼的法陣，勾起一抹張狂的笑。

他彈指，鈴鐺霎時朝皇甫洛雲他們的所在地襲去，鈴鐺正要沒入法陣結界之中時，一道黑影霎時從上方落下，將鈴鐺砍成兩半。

深淵在結界之外引爆，引起了法陣內中之人的注意。下一秒，冥鐮的刀芒從內中砍出，將深淵一分為二。

「你以為沒有人注意到你？」

冷然且淡漠的嗓音從蕭安聞的身後傳來，蕭安聞立刻回頭看著站在後方，穿著淺咖啡色帽T之人。

「劉祀瑾！」

蕭安聞咬牙切齒地喊著劉祀瑾的名字，又是他壞了他的好事！

「小心吶！」劉祀瑾無視蕭安聞的殺意，抬手說道，「他們的法陣完成了。」

語落同時，法陣泛起金光，瞬間從皇甫洛雲所在之地擴散開來。

「方圓十公里。」劉昶瑾勾唇一笑，說出了法陣範圍。「這次，你逃不了了。」

劉昶瑾的笑容讓蕭安聞很想直接朝他砍過去，但他不會這麼做，他抬眼朝姜仲寒喊道：「殺了劉昶瑾！」

話音落下，姜仲寒有了動作，他的手揚起，黑色鐮刀霎時浮現而出。

「這次我一定會親眼看著你死。你應該要開心吶！是你的朋友親手了結你的，這感覺應該不錯？」蕭安聞這回可不會跟上次一樣直接走人。對他而言，劉昶瑾是他那心中大刺，不親眼看著他死，他不會心安。

當然，他也不會讓劉昶瑾好過，由姜仲寒來殺他，多美好？

劉昶瑾撇眼看著朝他揮刀的姜仲寒，他悠哉聳肩，「真可惜。」

話語一出，白色鐮刀橫空擋住黑色鐮刀。

「阿昶！」皇甫洛雲氣急敗壞地將黑鐮撥開，還不忘朝姜仲寒的腹部踹上一腳，猛烈的力道讓姜仲寒朝後方撞了過去。

「什麼事？」

劉昶瑾一派悠然，這更讓皇甫洛雲想要掐死他這個朋友。「你一個人在這裡是要給他們殺的嗎！」

法陣之外突然出現柳逢時也就算了，柳逢時還跟他們說蕭安聞在不遠處狙擊他們。

這樣也就算了！真正讓皇甫洛雲抓狂的就是——已經沒有冥器，手邊貌似也沒有符咒的人留在那裡做啥！

都已經沒有任何戰力了，就好好的跟著柳逢時不行嗎？一定要進到虎口拔牙嗎？

瞬間，皇甫洛雲懂了連殷鳴面對自己的心情。

他好囧呀！

「我沒有給他殺呀。」劉袓瑾悠哉說道，「因為你會動手，不是嗎？」

手上的冥鐮差點滑落，皇甫洛雲認真的想要掐了他的同學。

「皇甫，後面。」正當皇甫洛雲忍無可忍想要掐人時，劉袓瑾淡淡地抬起手，朝皇甫洛雲的身後比去。

皇甫洛雲還沒回頭，冥鐮便向後一揮，發出「鏘」的格擋聲，「我有眼睛看！」他怒吼，立刻回頭舞著冥鐮將姜仲寒從劉袓瑾附近驅離。

看著皇甫洛雲一氣呵成地使用冥鐮，白芒閃動，無法喘息的攻勢讓人眼花撩亂。姜仲寒瞇起眼，黑鐮縮小，化作長劍將皇甫洛雲的冥鐮撥開，隨即跳出戰圈，鐮刀重新上手，他抬手朝腰間摸去，指間夾著一顆鏽蝕鈴鐺。

他手指一縮，鈴鐺收納他的掌心，手用力一捏——鈴鐺破滅，黑色的黏稠物體從指尖的縫隙流出。

深淵落地，碰觸在地板上產生了一滴滴鏽蝕痕跡。

皇甫洛雲緊張地嚥下唾沫，天呀……深淵可不是這麼容易對付的東西呀！

還好有人聽到了皇甫洛雲內心的吶喊，深淵竄起，朝皇甫洛雲襲去時，法陣大放金光，將深淵制住。

深淵被制，讓蕭安聞驚得縮起了瞳孔。柳逢時接著也出現，轉動手腕，輕笑道：「我會出現在這裡，怎麼沒有準備呢？」

甄宓布的陣說穿了是仰賴多數符咒的連結而構成的大陣，若是被人破解，一時半刻也無法完成。柳逢時並沒有阻攔甄宓擺陣，反而利用這部分，不讓人察覺他動的手腳。

「別以為我只是擺好看的裝飾品呀！」

柳分部的左右手聲名遠播，但柳逢時本身沒有任何的誇張風評，卻能夠制住這兩個人。柳逢時並非是空氣，而是有本事讓這兩人閉嘴。

柳逢時手一翻，無數張黃色符籙從他的手中掉落而出，他微仰著頭，對著在原本法陣中心的甄宓說道：「宓兒，留在那裡顧著文大小姐。」

接著手停住，柳逢時揚起一抹讓人想要一拳打下去的笑臉，抬起左手，用力一揮——強大的風壓立刻降下，原本蕭安聞正指示姜仲寒動手，姜仲寒的腳步霎時頓住，他露出不適的神情，退回蕭安聞後方。

蕭安聞見狀，冷冷抬手，左手的花印記泛起白光，一把針弩上手，指向劉昶瑾。

劉昶瑾抬眼看著蕭安聞的器具，偏頭說道：「業鏡呢？」業鏡在手，卻不使用業鏡，那也許代表業鏡在他處。

劉昶瑾仰起頭，看著怨氣雨雲出現之處。

他瞇起眼，看到那裡有隱約的光輝。劉昶瑾下意識揚起手，召喚他的冥器。

瞬間，蕭安聞感覺左手的花印記在躁動，劉昶瑾的甦醒，給了冥器回歸的變數。

「你這傢伙！」

面對冥器可能的回歸會打亂怨氣雨雲的降下，蕭安聞露出怒容，定魂針發動朝劉昶瑾射去。劉昶瑾忙不迭地拿出符紙，符紙無風自動地燃起火焰，他信手一甩，將定魂針掃下。

「別小看我。」這一世家族職業是「道士」，劉昶瑾就算冥器無法上手，他還是有餘力對付蕭安聞。

蕭安聞冷冷哼聲，定魂針弩指向劉昶瑾，一臉想要殺了他的模樣，劉昶瑾無視他那殺人目光，身形一動，符紙再次抽出，他將符化成刃，俐落地挑掉所有朝他襲去的針。

柳逢時見狀，也動手了！

黑色長刀入手，跳入劉昶瑾和蕭安聞的戰圈之中。

「你別忘了還有我呀！」

長刀泛起寒芒，刀口直接朝蕭安聞的針弩刺去！

面對突如其來的二打一的發展，蕭安聞嘖聲，攻擊改成防守，針弩充當著盾，擋住柳逢時那行雲流水的攻勢。

雖然看似情勢站在柳逢時那方，但劉袓瑾的攻勢卻逐漸緩了下來，蕭安聞揚起唇，原本因慌亂而露出的破綻也霎時消失。

劉袓瑾忍不住皺緊了雙眉，左手的印記隱隱發出刺痛感，不知何時，劉袓瑾不再動手，他雙眼緊閉露出沉思模樣。蕭安聞知道劉袓瑾這傢伙在呼喚他的業鏡，但他怎麼會給劉袓瑾收回業鏡的機會？

他心神一凝，精神放在花印記上頭，但這一瞬的分神，卻給了柳逢時攻擊機會，黑刀毫不猶豫地將蕭安聞的定魂針弩挑開，在這一瞬，器具脫手！

柳逢時躍起，揚起持刀的手，將定魂針弩一分為二！

蕭安聞睜起眼，揚手召出半透明的針，指尖一彈，定魂針立刻朝柳逢時的黑刀射去！驟然的攻勢讓柳逢時差點無法反應，黑刀亮起黑色刀芒，形成結界將針彈飛。

「好險吶，你的攻擊可惜了呢！」柳逢時揚起唇，狀似輕鬆，實則驚險地笑著說道。

蕭安聞沒有理會柳逢時，他攻擊方向一轉——朝劉袓瑾襲去！

他從以前就認為自己跟劉袓瑾完全不對盤，一直被這傢伙牽著跑，沒錯，從以前在十殿時到現在都是都是這樣。

他一直想要的冥器，卻被劉袓瑾拿走。劉袓瑾過著風調雨順的順遂生活，被每一殿的十王尊敬，還被判官們崇拜，而他好不容易得到了冥器可以報復，卻又不能如願操控，這讓蕭安聞真切地想要把劉昶瑾宰了。

正因為日積月累的私怨，才不惜毀掉自己曾經經營的一切！

「你就是這樣不滿足。」劉昶瑾的嗓音傳入蕭安聞的耳中，這話格外刺耳。「不然你又怎麼會想要三冥器？」

此話一出，蕭安聞的動作霎時一滯。他會因為這破爛原因而想要三冥器，劉昶瑾也管太多了！

另一頭的皇甫洛雲正對上姜仲寒，還好深淵被柳逢時的法陣制住，局勢上跟姜仲寒五五波。

冥鐮泛起白色光芒，揚起白色軌跡；黑色的怨氣鐮刀隨著姜仲寒的動作揮出黑色的刀風，黑與白的交接，激出猛烈的光彩。

皇甫洛雲沒有停歇，向上躍起，輕盈地躲落姜仲寒的攻勢，手與腳並用，一邊舞動冥鐮，如潮水般的攻勢無止境地流出，而他的腳也不忘逮到空檔踩住姜仲寒的鐮刀，不讓他順利揮出。

在一旁看著兩方激戰的甄宓發出讚賞，一旁的文陸儀看得很緊張，不知道該不該出手幫忙。

「不用擔心。」甄宓對文陸儀說道，「妳還是穩穩地站在這裡，妳若是下去了，只怕下面戰局有變數，還有，妳是法陣中心只管法陣不要散。」

柳逢時暗中下的法陣是以文陸儀為中心點設置。他可是把設置在分部的驅靈法陣都搬了過去，縱使文陸儀無法當作戰鬥用人員幫忙，但是冥器——生死簿蘊藏的力量也不能浪費，結界便扔給了文陸儀維持。

不然這十公里法陣是怎麼弄出來的呢？這便是這樣弄來的！

「皇甫真的好厲害……」每次看到皇甫洛雲舞刀的模樣，對文陸儀而言是種打擊。

「妳主掌文，他是動武的，兩者完全不同。」甄宓看著皇甫洛雲的動作，心底也很訝異皇甫洛雲居然可以將一把等身大的鐮刀輕盈耍動。

這也難怪連殷鳴那時對於皇甫洛雲及其器具採取高度的懷疑。

這不科學呀！

就算知道皇甫洛雲的前身就是冥鐮持有者，但可以一把鐮刀可以把一個人的身體動作發揮到極致嗎？

這絕對不可能！

皇甫洛雲和姜仲寒打得正酣，沒有人想要插手他們之間的戰鬥。對於皇甫洛雲的攻勢，姜仲寒感到棘手，他揚起手，怨氣披風捲起，化作另外一把鐮刀。

兩把黑鐮上手，皇甫洛雲立刻拉長距離。

犯規呀！

面對雙方拚死的打鬥中，縱使皇甫洛雲再怎麼能打，就算與冥鐮同步率高到破錶，遇上防禦率高到不行的人，任誰都會吃不消的。

皇甫洛雲臉色一沉，摸出幾張符紙，持著符的右手與拿著冥鐮的左手交疊，符紙發出光輝，沒入冥鐮之中，這時，姜仲寒也有了動作。

兩把鐮刀舞動，一把從姜仲寒的右手中脫出，迴旋地朝皇甫洛雲襲去，皇甫洛雲用冥鐮朝黑鐮揮去，但迴轉的力道讓皇甫洛雲無法完全挑開，腳步霎時一沉，往後退去。

這突然的凝滯，給了姜仲寒機會，左手黑鐮朝皇甫洛雲砍去，刀尖泛起銳利光彩，即將收割皇甫洛雲的生命。

皇甫洛雲豈會讓姜仲寒得逞？他心神微動，冥鐮霎時變得透明，黑鐮穿透冥鐮，皇甫洛雲再將冥鐮實體化，恰巧刀鋒沒入旋轉黑鐮的中心部位。

他借力使力，將黑鐮「還」給了姜仲寒。

黑鐮襲擊的方向轉向，姜仲寒面對朝自己飛去的黑鐮，揚手接住，甫一接住，迴旋的力道讓他腳步有些不穩。

皇甫洛雲趁隙近身，貼到姜仲寒的身旁，手中的冥鐮早已消失，他抬起左手，掌心貼著一張符紙！

「接招吧！」皇甫洛雲大喊，手用力地朝姜仲寒的腹部打去——

猛烈的天雷貫穿了姜仲寒的腹部，他飛了出去，重重地撞擊到結界上面。

「唉唉！皇甫小弟出手真重。」甄宓出聲道，「看來鳴真的有教他很多東西呀！」器具與符咒的搭配是連殷鳴最長使用的攻擊方式，畢竟他的器具是遠距離攻擊的槍械，遇上擅長近身攻擊的敵人，不準備第二方案只怕會被對方打趴。

而皇甫洛雲的冥器攻擊範圍跟連殷鳴的器具有些相像，所以連殷鳴的攻擊模式皇甫洛雲也不客氣地複製貼上。

從先前跟姜仲寒對戰，他可以佔上風就可以知道……連殷鳴果然是柳逢時的左手，柳分部的第一線人員稱號可不是亂扯的！

姜仲寒身上那濃厚的怨氣讓他「黏」在結界上無法動彈，罕見地，他露出痛苦神色，似乎是結界讓他身體內的怨氣蠱毒亂竄，讓他很不舒服。

皇甫洛雲刀尖指向姜仲寒，這回他一定要把姜仲寒身上的怨氣消除。皇甫洛雲暗念冥鐮之名，刀身浮現出「霜」字，皇甫洛雲的雙眼泛出點點金芒。

冥鐮「霜」，發動！

結界內，緩緩地降下點點白雪，淨化的光芒被結界的效力完全擴張，他們在上面打，而在下面侵蝕人間的怨氣惡靈被白雪黏上，紛紛制住了行動，皆被白光吸納。

身為法陣陣眼的文陸儀見有機可趁，趕緊翻動生死簿。

「生死簿！」文陸儀低喊，生死簿耀起黑和白的光輝，將那淨化的魂魄全數收起。淨化白光碰觸著姜仲寒的身軀，他露出不適神色。

皇甫洛雲抬起冥鐮，朝姜仲寒衝了過去，冥鐮捲動如雪一般的光點，朝姜仲寒的心口刺去——

這時姜仲寒身上的鈴鐺作響！

「鈴！」空靈的鈴鐺聲響起，姜仲寒的雙眼透著殷紅色彩，硬生生地將自己從結界牆上拔出，發出腐蝕周圍淨化光芒的黑色怨氣。

他抬起眼，眸中紅色光彩更甚。

姜仲寒的異變讓皇甫洛雲感到不妙，向前的腳步立刻停下。

這時，皇甫洛雲聽到了蕭安聞的聲音在耳邊傳來。

「你們真以為我什麼都沒有準備？」

蕭安聞製造自己發呆的假象，刻意等著劉祖瑾和柳逢時攻擊他，他立刻朝文陸儀方向拋出了石頭，利用轉移符，讓他與石頭的位置交換。

而劉祖瑾和柳逢時自然撲了空，符咒和器具都打在石頭上頭，蕭安聞也趁這空隙闖進結界，來到文陸儀和甄宓的附近。

他以迅雷不及掩耳的速度抬手抓住了文陸儀，他揚起一支定魂針，針端指著文陸儀的太陽穴，用空著的手勾住文陸儀的脖子，一派輕鬆地看著其他人。

蕭安聞冷冷哼聲，文陸儀大氣不敢喘，深怕蕭安聞會將針刺入她的腦門。

「哼，」蕭安聞咬牙切齒，心想自己是否不該這麼早動手，但被劉祖瑾當猴耍是他最難以忍受之事。「統統都不准動！」

一旁的甄宓想要劫下文陸儀，但蕭安聞朗聲大喊，甄宓無法，只能恨恨地收回腳步，美目狠瞪蕭安聞。

「過來。」見所有人不敢動彈，蕭安聞冷冷地命令著姜仲寒。

姜仲寒抬起腳步，慢慢地朝蕭安聞的方向走去。

皇甫洛雲很想要阻止姜仲寒前進，但礙於有人質存在，皇甫洛雲根本沒辦法動手。

「你們真以為他只是普通的怨氣蠱毒？」蕭安聞扭曲狂笑。

因為劉昶瑾這個大麻煩，他費盡心思的計算要怎麼做掉他才不會礙眼，怎麼可能會算不到這一天？

怨氣蠱毒。根本笑話！蕭安聞得意地宣布答案，「這可是深淵製成的蠱！」

皇甫洛雲恍然大悟。以深淵當作蠱的核心，把怨氣當作肥料餵食，難怪姜仲寒像是蜜蜂採蜜一樣的吸引著怨氣靠近。

更別說是那些惡靈把他當成老大看待，和惡靈交手過的皇甫洛雲特別理解惡靈看不起怨氣，更是看不起人！能夠讓怨氣惡靈服服貼貼的，唯獨化作業障的惡靈和可以吞噬一切的深淵了吧！

雖然答案公布，但看文陸儀變成了人質，劉昶瑾皺緊雙眉，淡淡說著：「想針對我就來吧！沒必要牽扯其他人。」

「你覺得呢？」蕭安聞冷冷說道，「費盡心思只算計你一人……你當真你這麼有價值？你少在自己臉上貼金了！我會想要第一個殺掉你，是因為你是變數最多的人，只要將你最先解決掉，我就沒有後顧之憂了。」

柳逢時聞言，挑眉看向蕭安聞。果然跟他想的一樣，蕭安聞的所作所為都有一定的原因，並非只針對劉袛瑾。

所以，他的目標的確是三冥器了？

但他拿到三冥器後到底想要做些什麼呢？柳逢時對於蕭安聞，心底沒有一個拿捏標準。

皇甫洛雲也聽出蕭安聞話中意思，他將手伸到身後，手輕輕一揉，符紙頓時浮現在他的指間之中。

「嗯，我沒有說我有這麼高的價值，說實話，被人一直追殺倒是挺麻煩的。」劉袛瑾沒有聽從蕭安聞的「不要動」命令，直接朝他的方向慢步走去。「我只是員工被你綁了，禮貌上也要代替自己的員工受罪而已。」

「我說，不要動！」蕭安聞沉聲，沒想到劉袛瑾對他這話完全不屑，難道這傢伙不掛念員工生命？

「我拒絕。」劉袛瑾淡然說道。「『人是從死後開始』，陸儀應該有這個心理準備了？你也是這麼想的，不是嗎？」

話語宛如禁句，姜仲寒突然發出不規則的光彩，怨氣侵蝕的範圍也跟著擴大！

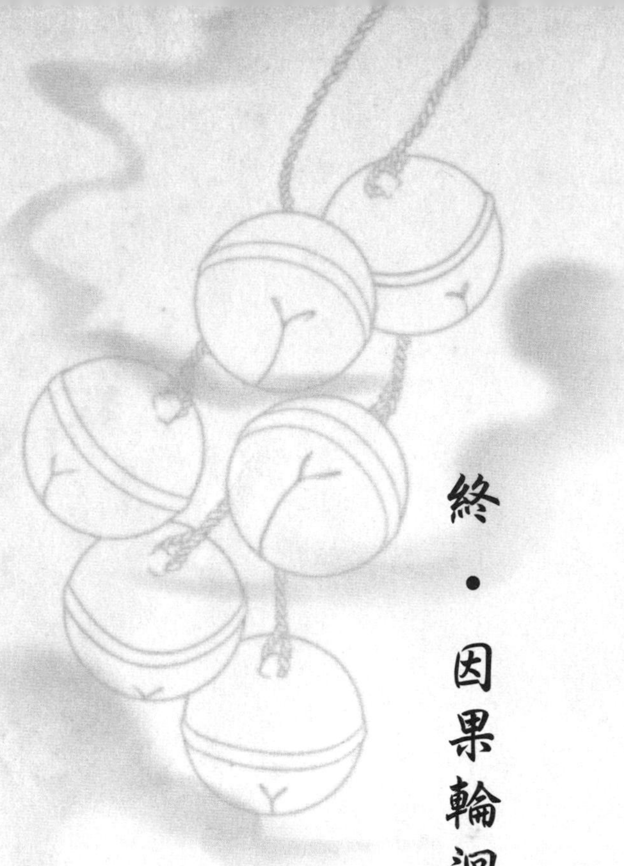

終・因果輪迴

皇甫洛雲愣在當場，不知道該說什麼才好。他很想要阻止劉昶瑾，畢竟姜仲寒可是被這句話弄到家破人亡的，心底的怨氣也是這時段累積的，劉昶瑾是腦袋進水了，不知道這是姜仲寒的禁句嗎？

更別說是蕭安聞手上還有一名人質，看文陸儀臉色都變得蒼白了，還不閉嘴救人？可是他一個眼神過去，卻發現劉昶瑾唇角勾起，露出一抹不明顯的笑。瞬間，皇甫洛雲頓了一下，該不會他這同學是故意的！

果然，劉昶瑾後退了幾步，也對皇甫洛雲做出後退的示意，皇甫洛雲發現周圍的人退得差不多，他也趕緊退到劉昶瑾所在的位置。

「阿昶，你想怎樣？」皇甫洛雲刀尖指向發生異變的姜仲寒，一邊小聲詢問。

「就事論事。」劉昶瑾瞇起眼，淡然地看向蕭安聞。

只見蕭安聞臉色一沉，瞅著異變的姜仲寒，「殺了他。」

他沉聲一喊，姜仲寒揚手抓出黑色鐮刀，腳步向前，揮刀朝劉昶瑾砍去，蕭安聞也在這刻抓緊定魂針，朝文陸儀的額頭刺去。

這時一條金色軌跡劃過，將定魂針打落，文陸儀霎時消失，而下一秒又出現在結界外。文陸儀詫異張望，目光停在遠處，發現閃動的金光又消失不見。

「誰都知道陸儀是被神使顧大，誰會這麼蠢抓她呢？」

劉昶瑾可惜搖頭，皇甫洛雲只想要衝著劉昶瑾比中指，「阿昶，你的業鏡可以回收嗎？」

　姜仲寒吸收了深淵，每一刀都像是砍著鐵一樣的沉重，皇甫洛雲符紙上手，朝刀鋒一抹，冥鐮耀起白光，將深淵砍斷。

　但吞噬一切的深淵豈是一般怨氣惡靈？

　逃離危險地帶的文陸儀召出生死簿，制住紛至沓來的惡靈怨氣，只是文陸儀原先是法陣中心，現在她脫離了戰圈，法陣的維持也霎時終止。

　法陣的結界出現了破裂痕跡，下一秒立刻碎裂！

　外頭的怨氣雨雲又降了下來，文陸儀露出緊張神色。這雨降下，必定會增強姜仲寒的力量。這時，皇甫洛雲動手了！

　冥鐮揮動，白色的鐮刀降下靄靄白雪，與怨氣雨雲互相侵蝕，冥鐮本身為淨化冥器，怨氣自然無法完全抵擋。

　隨即他再揮動冥鐮斬出陰間路，將文陸儀拉回他們這方。

　「冥鐮的小花招。」蕭安聞冷哼，揚手拿出無數支針，「只是毀掉弩而已，針還在我的手上。」蕭安聞揚手一揮，定魂針霎時消失。「別以為我沒有後路呀！」他瞇起了雙眼，露出陰險的笑。

　「柳，打開地府的門！」當下，劉袓瑾朗聲說道。

　「你瘋了！」甄宓大喊，就連柳逢時也詫異地看向劉袓瑾。

柳逢時想要說些什麼，但看到劉昶瑾的左手出現一大片像是瘀青的烏黑色，就連他的脖子也可以看到那向上蔓延的黑。

「分部長，快照著阿昶的話去做！」

皇甫洛雲救走了文陸儀，姜仲寒便舞著鐮刀衝了上來，攻勢凌厲到皇甫洛雲只能消極地一邊阻擋姜仲寒。不知怎地姜仲寒攻擊的力道越來越重，再這樣下去就換他不妙了。

見皇甫洛雲也這麼說，柳逢時拿出通訊符，對遠在柳分部的連殷鳴傳訊。

「鳴，可以用冥鏡打開冥府之門嗎？」

符紙發出嗡嗡聲，似乎在罵些什麼，但還是照做了。

下一秒，皇甫洛雲他們所在之地張起了另外一道結界，黑色通道霎時浮現而出，皇甫洛雲和劉昶瑾交換眼神，而文陸儀看到通道一出現，立刻知道他們想要做什麼。

文陸儀施力，生死簿內淨化過的魂魄霎時出現，皇甫洛雲揮動冥鐮，將那些魂魄全數收割，一口氣傳送到冥府，劉昶瑾目光微抬，雙目緊盯著蕭安聞。

蕭安聞微微聳肩，神情一派悠然，像是早算到劉昶瑾會這麼做。

劉昶瑾低眉看著自己的左手花印記終於泛起了光芒，業鏡感受到他的存在，不斷掙扎想要脫困而出，但看蕭安聞游刃有餘的模樣，讓劉昶瑾心底萌生出不妙的預感。

要在非既定時段打開冥府之門，通常都是冥府召喚才得以下去，若是要強制打開，權限一定要夠。更別說是深淵包裹的冥府，這門打開一定是危機重重。

難道蕭安聞就是等這一刻？

「柳，快把門關上！」劉昶瑾的腦袋霎時想到了一件事，他趕緊大喊。

「來不及了。」蕭安聞揚唇一笑，「當真以為深淵入冥府只是不讓人上去，侵蝕冥府而已？」

他的目的是所有被深淵吞噬的魂。雖然他耗費時間與精力「做」出姜仲寒這個蠱毒人偶，但他也可以再用點時間製造出一個可以被他控制的深淵。

冥府是一個更加絕妙的煉蠱場地，雖然時間不太夠，但這一點便也足矣。

蕭安聞大喊：「動手！」

瞬間，冥府之門湧出夾帶怨氣的深淵黑潮，劉昶瑾見狀，也豁出去了，直接強制召喚：「業鏡！」

忽明忽暗的花印記宛如曇花一現地綻放光芒，怨氣雨雲之中也從內部亮起光點。

對於劉昶瑾的掙扎，蕭安聞完全不放在眼裡。

「事在人為吶！」蕭安聞囂張說道，「劉昶瑾，布局已久，豈會怕你這招？」

「但是因果定律，尚未來到終局也不能先鬆口氣呀！」

他人的嗓音從蕭安聞身後傳出，他猛地回頭，看到露出嘻笑表情的柳逢時，只見柳逢時俏皮眨眼，舉起的黑色刀刃泛起銳利色彩，隨即砍下——

毫不猶豫的攻勢，手起刀落，蕭安聞正面擊傷！

鮮血濺出，蕭安聞詫異地看著自己身上湧出的鮮血，他露出怒顏，雙眼透出忿恨光彩，柳逢時勾起唇，對他笑笑說道：「再見了。」

下一秒，他直接抬腳將蕭安聞踹了下去——

底下是洞府大開的冥界之門，深淵黑潮正從門內湧出，蕭安聞這一落，必定會被深淵蠶食殆盡。

驟變的局勢讓皇甫洛雲和姜仲寒同時朝門的地方看去，他們看到蕭安聞摔了下去，鮮血汩汩流出，隨著風勢噴濺而起。

皇甫洛雲和姜仲寒同時有了動作。

姜仲寒是本能上的想要救自己的主人，而皇甫洛雲的目的——

「業鏡，還給阿昶！」

冥鐮發動，發出強烈的淨化光芒，他朝蕭安聞的左手花印記刺去，在這瞬間，劉昶瑾的業鏡在空中終於解除了束縛，三冥器在同一處的效應以及解放的狀況下，業鏡吞噬了所有的怨氣雨雲，隨即爆炸！

業鏡爆炸，淨化的光芒順著暴風擴散而出，落下點點光芒，爆發的光芒瞬間將附近的怨氣消弭。

劉昶瑾見狀，晃動左手腕，下一秒業鏡完好無缺地出現在他的手裡。

看到業鏡重回劉昶瑾的掌心，皇甫洛雲鬆了一口氣。

但他才剛放鬆而已，瞬間背後傳來一股惡寒感，皇甫洛雲驚異撇頭，看著姜仲寒持著黑鐮朝他揮去，皇甫洛雲緊急閃過，和姜仲寒交叉錯過，看著他將重傷的蕭安聞帶走。

皇甫洛雲見狀，趕緊向前追去，若是在這裡放走他們，後果不堪設想。當然，柳逢時也是這麼認為，他身影竄動，霎時出現在姜仲寒和蕭安聞的身後，黑刀一揮，作勢要一刀將兩人分離。

但這一砍，意外撲空！

蕭安聞消失，留下了姜仲寒。

姜仲寒看著驀地浮現在他身後的柳逢時，眸中透出一絲冷意，這眼神讓柳逢時心底透出寒意，反射性地向後一跳。

皇甫洛雲傻愣在當場，這是怎麼一回事？

「哎呀，打臉打得好重呀！」甄宓苦笑，他們這麼大手筆的攻擊，但卻放跑了一個，而且還有可能不是本人的東西。

蕭安聞消失，姜仲寒憑空站在開啟的冥府大門的上方。這場惡戰還有得打呢！

三冥器的共鳴尚未將冥府之門的深淵除盡，只是讓它停止擴大。但姜仲寒的模樣讓他們打從心底發寒了起來。

皇甫洛雲手中的冥鐮發出嗡嗡聲，像是要提醒他事情還沒有完。他看著冥鐮，又看向站在上方的姜仲寒。

「阿昶！」

皇甫洛雲腦袋像是被雷劈了一樣，想通了一件事，他回頭大喊，劉昶瑾雙眼也在這一刻睜開。三冥器——業鏡泛起金色的光彩，朝冥府之門照射過去。

姜仲寒見狀，舞著手中的黑色鐮刀，黑鐮一揮，將金光一分為二，但光芒還是衝入冥府之門。

「嘖。」劉昶瑾看著衝入門內的金色光芒消失，不悅嘖聲。

剛回到手裡的業鏡還無法發揮完全的效力，他也不清楚蕭安聞到底對業鏡動了什麼手腳，使用起來有點怪異。

「用了嗎？」

嗓音傳入所有人的耳中，劉昶瑾抬眼望去，蕭安聞驀地浮現而出，來到姜仲寒的身前。蕭安聞噙著一抹笑，眸中透著一絲狡黠神色，他輕推黑框眼鏡，一派悠然道：

「辛苦了，各位冥使。」

吐出的話音充滿諷刺，皇甫洛雲雙手握著冥鐮刀柄，立刻提刀砍去，但俐落的攻勢卻砍到堅硬的透明牆壁，將皇甫洛雲彈了出去。

皇甫洛雲在半空中穩住身體，雙足落地，狐疑地看著蕭安聞。

「別緊張。」蕭安聞冷冷笑道，「好戲現在才正式開鑼。」

他揚手彈出清晰的響指聲，下一秒皇甫洛雲就聽到劉昶瑾猛烈的咳嗽。

「阿昶！」皇甫洛雲看劉昶瑾跪倒在地，不斷咳嗽。

「我早就知道業鏡不會乖乖的聽我的。」蕭安聞垂下眼睫，冷然說道，「既然要還，也不能讓你好過。」

「……蠱。」劉昶瑾忍著身體不適，站了起來。

「啊，是呀。」蕭安聞展露笑顏，哼聲笑道，「要讓你的業鏡無法正常運作，也只能用這方法了吧？感謝你送了美好的糧食給門內的深淵。」

淨化的光芒夾雜蕭安聞施下的蠱，現在封堵下界門口的深淵霎時成為煉蠱場。

「不論是人間，還是冥府。統統都消失吧！」

蕭安聞說了心中一直想要吐出的話語，他算盡一切，就是要看著三界一起亡。

「你，辛苦了。」一切都已經步上了軌道，蕭安聞揚手，定魂針弩上手，「再見了，『人偶』。雖然人生從死後開始，但我不想給你這機會。」

事已既成，不需要的玩具也可以扔了，定魂針弩發出，皇甫洛雲來不及阻擋，看著姜仲寒被針弩射中，整個人朝冥府大門墜落。

「仲寒！」

皇甫洛雲發出大喊，想要伸手抓住那墜落的人，但蕭安聞的攻擊轉向皇甫洛雲。

「冥鐮持有者，請你『再次』消失吧！」

針弩射出定魂針，皇甫洛雲瞠大雙眼，聽著那蕭安聞的話語。

瞬間，皇甫洛雲的腦海浮現出無數個影像，他看到一名白衣青年面對穿著袍裝的蕭安聞，跟著他去一處地方，然後青年被攻擊，慌亂地逃跑，手上拿著雪白色的鐮刀，想要自保，但他去的地方早已是陷阱重重，腳步一個踩空，下方是一處有著蓮花花紋的石臺，而他整個人沉入石臺之中，在他視線被黑暗抓住的那一瞬，只有那人露出的那得逞笑意。

皇甫洛雲氣得揚聲大喊，「你這傢伙！」

這個人果然就是讓冥鐮持有者失蹤的元凶！皇甫洛雲想到持有者消失都是因為這個人、姜仲寒會變成那樣也是因為他、爺爺的死訊之所以這麼突然也是因為這個人！

他滿懷怒意，舞動冥鐮，不給蕭安聞喘息的機會，不斷朝他的要害砍去。蕭安聞也不是什麼省油的燈，他輕盈地閃過皇甫洛雲的攻勢，小小的定魂針讓皇甫洛雲的攻擊不斷失準，皇甫洛雲幾乎失去了理智。

「不妙。」因為姜仲寒被蕭安聞捅了一刀，引發了皇甫洛雲的怒火，一旁的甄宓看得膽顫心驚。

見冥鐮的淨化光芒消失，就連柳逢時也覺得不妙，他跳到甄宓身旁，「宓兒，法陣重新張開。」

「我手邊沒東西了。」甄宓嘆息，他們手段盡出，卻敵不過蕭安聞一次次算計他們。

他把業鏡埋入深淵分身之中，用業鏡攪混所有人的認知，誰會知道這是讓業鏡中蠱毒的關鍵？

「柳，需要你幫一件事。」劉昶瑾來到柳逢時和甄宓的身旁，目光移到柳逢時的黑刀上，「把你刀裡的怨氣拿出來。」

「……你想要以毒攻毒？」柳逢時聞言，立刻吐槽。

劉昶瑾面無血色，不斷咳嗽道，「再這樣下去，會很棘手。」

柳逢時苦笑，這回他還真遇上比連殷鳴還不怕死的人呢！

皇甫洛雲和蕭安聞還在纏鬥中，柳逢時看了一眼，他們這裡可要快點處理完呀！再這樣下去只怕會更加不妙。

柳逢時抬起空著的手，指尖沒入黑刀之中，拿出一顆漆黑無比的戒珠。

劉昶瑾見狀，抬手將柳逢時手中的戒珠拿走，接著將它埋入自己的身體之中。

戒珠入體，他發出不適的悶哼聲，他也沒有將戒珠拿出，朝蕭安聞那處走去，並對遠方的文陸儀傳遞訊息。

「陸儀，甄宓會協助妳維持生死簿的效力，妳在那裡不要動。」

甄宓消失，來到文陸儀身旁，劉昶瑾也霎時出現在皇甫洛雲的身旁。他抬起手，二話不說的將皇甫洛雲連人帶刀的摔飛出去，還使用符咒將蕭安聞擊出戰圈。

「阿昶！」皇甫洛雲傻眼以對，劉昶瑾怎麼突然攻擊他來了呢？

「冷靜點。皇甫。」劉昶瑾淡然說道，「別忘記你的身分，還有你的初衷。」

皇甫洛雲聞言，腦中重新運轉，想起了他的初衷，以及冥使的本分。

他不是想要解除冥使身分，重新回歸正常生活？冥使的工作不就是捉魂收怨？挾怨報復是冥使的禁忌。

思及至此皇甫洛雲腦袋霎時冷卻，他現在到底在做些什麼？

皇甫洛雲起身，尷尬地發出嗓音，「謝了，阿袒。」

捉魂收怨，這是冥使的宗旨，冥使本應不能因為一己私怨而導致更大的事端引發。皇甫洛雲這回不再是抱持著那心中怒火而針對蕭安聞。

皇甫洛雲刀尖輕挪，尖端指向蕭安聞，同時對劉袒瑾問道，「阿袒，你還好吧？」

「解決完這件事，我要去睡覺。」等事情告一段落，劉袒瑾還要找辦法處理業鏡的蠱毒。雖是如此，他還是要有後備方案。「皇甫，砍一下我的業鏡。」

雖然蠱毒無法一次根除，但還是可以靠皇甫洛雲的冥鐮解除症狀，以免他用一次業鏡就要咳一次……只怕再用下去，他就會咳到吐血了吧？

皇甫洛雲心念一動，冥鐮朝業鏡抹了一下，劉袒瑾看了一眼，並朝文陸儀的方向看去。「先解除冥府深淵，再去對付蕭安聞？」

「正有此意。」皇甫洛雲也是這麼想。

看看他們在人間對上怨氣惡靈，還要對付蕭安聞這個 BOSS，下界因為深淵而無法上來幫忙，讓他們倍感壓力。

人手，他們超缺人手！不然怎麼會一直被壓著打？皇甫洛雲和劉袒瑾有了共識。

——解除深淵，讓在冥府之中，無法上來的人得以幫忙處理。

「霜！」

皇甫洛雲大喊，劉昶瑾也低喊，「業鏡！」

冥鐮與業鏡閃動光輝，皇甫洛雲揮動冥鐮，打出刀風將深淵割開，劉昶瑾再用業鏡將深淵解體，而文陸儀的生死簿鎮住所有怨氣，讓它們無法生成。

深淵無法再維持，露出最原始的原形——怨氣。

冥界大門的深淵慢慢淨空，而裡面也閃出一道異樣光彩。

皇甫洛雲見狀，暗暗鬆了口氣，隨即他又警戒起來，他說什麼也不能犯下第二次的錯。

他立即提起精神，戒備周圍。

果然，蕭安聞又出手了！

定魂針弩上手，蕭安聞目標直指皇甫洛雲和劉昶瑾，皇甫洛雲見狀，冥鐮揮動阻擋蕭安聞的攻勢，他一邊單手耍動冥鐮，符咒的光輝也一併打下。

劉昶瑾手中的業鏡也泛起光芒，同時張起結界，符咒搭上業鏡，效果驚人，從鏡面內伸出無數條金色絲線。

隨即，劉昶瑾抬手一揮，絲線朝蕭安聞襲去。

蕭安聞內心大喊不妙，拋出定魂針抵銷業鏡攻勢，他很了解業鏡的功用。他不想被業鏡的光輝刺中，陷入自己的過往記憶，若是無法脫出，只會困死在鏡中。

畢竟，對上業鏡，便等於看到自己的內心心魔，從來都沒有人在業鏡的面前脫困過，當然，就連他自己也是一樣。

蕭安聞拉長攻擊距離，不讓業鏡的金色絲線靠近自己，只是他在挪移時，他聽到破空聲響。蕭安聞反射性地朝聲音來源射出定魂針，在那裡的人是柳逢時。

柳逢時撥開定魂針，黑刀攻勢凌厲，不讓蕭安聞躲開。蕭安聞暗自嘖聲，光是對付兩位冥器持有者已經夠嗆了，還要對付柳逢時。

不過蕭安聞也不會後悔將那個人偶毀了，對於沒有用處的東西，留著也是累贅。

眼花撩亂的攻勢不斷地進行，皇甫洛雲氣喘吁吁地跳到後方，他已經開始感覺到累了。雖然是靈魂狀態，但不間斷的使用冥鐮，疲憊已經開始反應在他現實中的軀體。

「你們這裡可是有活人的呀！」蕭安聞怪笑一聲，他看到了皇甫洛雲的疲態，同時也注意到劉袓瑾那瞬間的不適。

「你不也是？」劉袓瑾感覺喉頭一陣甘甜，他忍住那要咳出的血沫，淡漠注視。

但那卻換來蕭安聞一抹詭譎笑意。

瞬間，劉袓瑾沉默了，皇甫洛雲亦是。

「算計別人之前，也要先算計自己，不是嗎？」

皇甫洛雲聽到蕭安聞這席話，背脊一陣發涼。

他忘了一件事。他們都忘了。

在武倉庚一事，蕭安聞寧願被武倉庚打到差點掛掉，昏迷不醒重傷休養，誰都沒有看出他就那幕後黑手，以為他是那可憐的受害者，實際上他就是那導致一切的加害人。有誰扭曲成這模樣？連同自己一併算計進去，只求計畫的成功？

皇甫洛雲看蕭安聞的大氣不喘的輕鬆模樣，再加上當時他們以為是本人，而之後確定是深淵的分身。

蕭安聞瘋狂到將自己轉世的肉身餵深淵，再將蠱毒埋入，侵蝕著業鏡。原來不是深淵分身，而那本身就是蕭安聞的陽間身體。

瘋狂之人做盡瘋狂事，這真的讓皇甫洛雲大開眼界。

「皇甫，別發愣了，我們可以另尋他法。」既然蕭安聞是個魂體，他們也有其他手段可以應付。

因為他們有生死簿呀！

只能說真不愧是好朋友，皇甫洛雲聽到找別種方法的當下，當下第一反應是生死簿。現在文陸儀有甄宓幫忙，春秋輪迴筆幫文陸儀順出了不少生死簿的功能，讓皇甫洛雲羨慕不已……不對，現在不是羨慕的時候。

皇甫洛雲持著冥鐮的手感到發麻，肉身狀態反饋在靈魂上面讓皇甫洛雲感覺超嗆，但現在也不是喊累的時候，一切都要速戰速決，他可不能在這裡認輸！

「皇甫，放輕鬆一點。」

劉昶瑾抬起手，業鏡耀出的光點落入他的指尖，他將光點朝皇甫洛雲的身上一甩，皇甫洛雲頓時輕鬆了起來。

面對老奸巨猾的敵手，皇甫洛雲也有其他應對方案。

「分部長！」

蕭安聞聽到皇甫洛雲這聲叫喚，暗自嘖聲，朝身後看去。柳逢時一直從他的身後偷襲他，唯一可能擔心的地方只有這裡。

但這一轉，沒有任何一個人，柳逢時早已跳離附近，遠遠地笑看著他，與他打招呼。

被騙了！

蕭安聞猛地回頭，皇甫洛雲雙手挾著符紙，冥鐮早已消失在他的手中，他喃喃唸著咒文，符咒洩露咒力，皇甫洛雲周身泛起強烈暴風，而天際也在這同時蒙上烏雲，發出陣陣雷聲。

皇甫洛雲拋出符紙，大喊：「雷震！」

蕭安聞立刻打開陰間道路，想要躲藏其中讓皇甫洛雲的攻擊撲空，豈知他張起的門卻無法打開。

「別忘了這裡是我們的地盤呀！」柳逢時跳到蕭安聞的周身，向前貼近，「掰掰啦！」

柳逢時揮刀，蕭安聞無法反應，魂體重創，魂體如同實體濺出鮮血。隨即柳逢時將刀子反轉，用刀柄將蕭安聞彈飛，讓他進入皇甫洛雲的攻擊範圍。

白色淨化雷電降下，將蕭安聞包裹其中。轟下的雷電夾雜煙霧暴風，遮蔽了所有人的視線。

看著那驚天閃電，皇甫洛雲虛脫跪地，再繼續下去就換他不妙啦！

煙霧即將散去，皇甫洛雲以為終於結束了，但這時內中出現一道清晰黑影，朝他襲去。皇甫洛雲見狀，立刻召出冥鐮格擋攻勢。

但當黑影穿破煙霧，卻讓皇甫洛雲震驚不已。

「仲寒？」

這啥！姜仲寒是九命怪貓不成？以為他死了，結果還活著？

「哎呀，真令人訝異。」

蕭安聞原以為姜仲寒就這麼被深淵吞食殆盡，但他卻活了下來。剛好，面對柳分部的群起攻之，他還是需要人手。

「殺了他們。」蕭安聞下達命令。

姜仲寒手中的黑鐮漾起冷冽黑芒，朝皇甫洛雲劈了過去，皇甫洛雲嘖聲後跳，阻擋姜仲寒攻勢，同時不讓自己跟姜仲寒的距離拉得太遠，他要貼過去，阻擋他的黑鐮揮動。

皇甫洛雲心念一動，拿出符紙驅動上面咒術，他的身影霎時消失，下一秒出現在姜仲寒的身前，他打出符咒，把姜仲寒彈飛出去。

但姜仲寒擊飛一半，用黑鐮穩住自己，鐮刀幻化出另外一把，朝皇甫洛雲拋去。

「怨氣呀！」皇甫洛雲嘖聲，姜仲寒的出現又帶來了怨氣，姜仲寒最拿手的就是怨氣實體化，只要有怨氣存在，他手邊也不缺武器。

反觀柳逢時見自己下手沒成功，想要再去補刀，卻因為姜仲寒的攻勢掃遍周圍，讓他無法靠近蕭安聞。

蕭安聞見狀，揚唇一笑。

這些冥使也沒手段了吧！

「殺光他們，將這裡的人統統消滅！」蕭安聞再次下令，這一次他要親眼看著所有人死在他的面前。

想到這裡，唇中笑意更甚，但下一秒，他的笑容僵住。

一把黑色鐮刀刺穿了他的胸膛，他愣了愣，咳出了血沫。

發生什麼事了？

不只蕭安聞，其他人亦驚，與皇甫洛雲激戰纏鬥的姜仲寒，居然捅了蕭安聞一刀？

「統統消滅是吧？」姜仲寒微仰著頭，眸中透出狠戾的眸光，沙啞地說：「那麼你先死吧！」

鐮刀朝旁一揮，將蕭安聞砍倒在地。

自以為掌控一切的蕭安聞，居然最後一刻倒在他培養出來的人蠱手上，不論是蕭安聞，就連其他人也不相信眼前所見的一切。

「哼。」姜仲寒向後一跳，眸中透出不屑的笑。「塵歸塵土歸土，死者，就該回歸自然。」

語落同時，姜仲寒揚手，黑鐮手起刀落，將蕭安聞的人頭收割，這一瞬，蕭安聞的軀體——也就是魂魄被黑鐮吸納，消失在所有人的眼前。

「要吃掉這些深淵花了我不少時間。」姜仲寒怪笑，雙眼瞳孔化作腥紅血色，對皇甫洛雲說道：「怎麼？一臉癡呆的模樣。」

姜仲寒揚手，舞動著手中的黑色鐮刀。

「你醒了？」皇甫洛雲詫異，腦袋在這霎時空白一片。

可以自然的對話，也知道是誰，姜仲寒恢復了？

「你認為呢？」他瞇起雙眼，瞳中的血色更甚，「吶，這人世還是毀了吧？」像是對著自己問，也像是對著皇甫洛雲說，姜仲寒一點也不是開玩笑，他很認真。

皇甫洛雲聞言，冥鐮指向姜仲寒。

為什麼？皇甫洛雲說不出來。看過姜仲寒的經歷，他實在是說不出話來。

每個人都有怨與恨的時候，沒有人能夠阻攔這項針對性的恨意。要人原諒，要人諒解，說得容易，做很難。

當不平之事降臨到自己身上時，是否會無私公正地繼續判斷下去？皇甫洛雲暴走過一次，冥鐮持有者被陷害消失的經過讓他失態，更別說是長久體驗的姜仲寒。

「別那樣看我。」姜仲寒冷冷說道，「世道不公，我只是做了我想做的事，這世間對我如此，又何必留下？」親眼見到親人之死，以及偶爾那間斷脫離蠱的思緒，使他察覺這一切都是蕭安聞造成的，姜仲寒便決定要暗算蕭安聞，親眼看他露出不敢置信的神情而亡。

「我想救你……」皇甫洛雲低吼。

每個人都在勸他要殺了姜仲寒，就連他在看到連殷鳴受傷的那一刻，他也懷疑自己的堅持是否錯了。

他被大家說服了，只因為姜仲寒沒了意識，是個被人操控的人偶。但是呀！無心還好，有心卻讓人難以接受。

皇甫秋清的黑符的確穩固了姜仲寒的魂與靈識，讓他得以從深淵蠱毒中脫身而出，但姜仲寒卻被迫看著自己被控制引發的一切，被迫回想家中的悲慘模樣。

被迫殺人，被迫看著那一切，皇甫秋清的幫忙姜仲寒完全不屑。

人生如此，又何必強留？

更別說是……若這是上天對他的考驗，那麼，對他家人見死不救的天，以及放任這一切形成，幕後縱容的冥使亦是同罪。

蕭安聞的計畫他都看在眼裡，這場計畫姜仲寒比蕭安聞更加期待，而現在也得以完成了。

「你真的想救我？」姜仲寒冷冷哼聲，「什麼都沒有察覺，總是等著別人救的你又要怎麼救我？」

這話無疑是賞皇甫洛雲一記大巴掌，他連姜仲寒那時的處境都沒察覺，又怎麼救呢？如果要救一個人，對方不願意被拯救呢？皇甫洛雲聽著那些話語，心底很沉。

連殷鳴就是見多了所以才會有這樣的想法？這也是所有人認為姜仲寒不能留的原因？皇甫洛雲沉重地閉上雙眼，睜開時，眸中的不忍退去，是如此決絕。

「仲寒，我只能阻止你了。」

「哈，殺了我，我才能止步。」姜仲寒開懷大笑，黑鐮揮動，朝皇甫洛雲砍去！

原先對上的是被蕭安聞控制的姜仲寒，被人當成人偶擺弄，自然也沒有動腦砍人的問題。但現在皇甫洛雲對上的是有了意識，是他所認識的那個人，對打起來，倍感壓力。

「宓兒，趁皇甫小弟在對付他的同學時，我們先把冥府之門關上！」

好不容易驅除了深淵，冥府內部流轉運作正常，方才柳逢時已經聯絡了連殷鳴，要他叫冥府內的冥使趁門打開時，使用陰間路到其他地方。

他擔憂那些冥使從大門出來就被當成砲灰打死。

「咳……」劉昶瑾咳出血沫，情況有些不妙。「蠱沒有消失。」

蠱雖是天地不容之物，但還是有依循天地正理，只要成蠱，便不能違抗自然。但蠱主身亡，蠱也應該會消失。

看來姜仲寒利用黑鐮的吸收，反客為主地成為了蠱主？

劉昶瑾瞇起眼，注視著姜仲寒。

「柳，接下來交給你了。」

劉昶瑾拋下話語，直接跳入戰圈。

業鏡，耀起燦爛白光，像是要將點燃最後的光芒似地，亮麗無比。

皇甫洛雲和姜仲寒持續交手，論打架，以前他都沒有贏過，現在他一定要贏。此時，業鏡的光芒劃破周圍，黑暗消退。

劉昶瑾來到皇甫洛雲的身旁，他左手的業鏡亮起，金色絲線穿入冥鐮上頭，他說：「別把冥鐮當菜刀砍，它很可憐。」然後，他又道：「皇甫，有機會再見。」

語落同時，劉昶瑾以指為劍，朝姜仲寒的眉心刺去，姜仲寒見狀，黑鐮刀鋒毫不留情地貫穿了他的身體。

「阿昶！」

皇甫洛雲沒有想到劉昶瑾居然會用自己的身體去擋黑鐮！

姜仲寒抬起腳，想要將劉昶瑾踢出去，不要讓他妨礙到自己，但劉昶瑾不打算給姜仲寒這機會，業鏡消失，左手拉著黑鐮，不讓姜仲寒抽身離開。

如劍般刺出的手指抵著眉心，讓姜仲寒無法動彈。

「嘛，讓我帶點土產離開吧？」

劉昶瑾勾起唇，冷然地瞥視著姜仲寒，瞬間，寒意襲來，姜仲寒瞭解到劉昶瑾想要做什麼了。「你不能這麼做！」

「是嗎？」

劉昶瑾淺笑，手指泛起金光，猛烈的光芒霎時炸起，金光過後，劉昶瑾重重落下，皇甫洛雲見狀，正要有所動作，柳逢時便衝了過去。

他一手撈住劉昶瑾，跳到他處。

劉昶瑾嘴角淌著血絲，雙眼緊閉，柳逢時將手伸了過去，他已無生命氣息。

柳逢時半蹲著伸手，將劉昶瑾放在地上。

他微嘆口氣，瞬間可以理解蕭安聞為什麼會對他恨得牙癢癢的，完成計畫也要先宰了劉昶瑾再說。

以某種程度的意義上，劉昶瑾的確是狠角色呀！

「劉昶瑾！」姜仲寒發出恨恨的嗓音。

他感覺身體很輕，誰知劉昶瑾這一指，就帶走了他身體中的蠱毒？

蕭安聞煉出的深淵蠱毒是有一個母蠱，他什麼都算盡當然連蠱都有想過，母蠱不死，他死了蠱也會維持下去。而姜仲寒自然了解這件事，但深怕蠱主一亡，母蠱也會有意外，他趁殺了蕭安聞反當蠱主，但這卻給了劉昶瑾機會。

劉昶瑾帶走了他的母蠱，他的身體長時間被母蠱侵蝕，早就破爛不堪，突然將母蠱帶離他的身體，他只有消亡一途。

無魂無魄死亡的軀體，母蠱無法單獨存活，畢竟蠱是要活著的空殼，並非死物。蕭安聞那時以自己的肉身為蠱，則是用業鏡維持生命假象而欺騙蠱。

可是劉昶瑾絕不會給自己任何一絲生機，畢竟對他而言，死亡並不算什麼。

姜仲寒手中的黑鐮出現了裂紋，崩解也是時間上的問題，皇甫洛雲看著姜仲寒，嘆氣道，「仲寒，放手吧。」

除了這句，皇甫洛雲再也沒有其他話可說。

「沒辦法。」

少了怨氣蠱毒，姜仲寒無法制住手中的黑鐮怨氣，也無法阻擋侵蝕他的怨氣。姜仲寒揚起手，黑鐮那妖豔光芒不減，他瞇起眼，舔了舔唇。

「霜。」

皇甫洛雲低喃，他感覺身體很重，冥鐮耀起光芒，但這回不是透著白光，而是耀眼的金芒。劉昶瑾對冥鐮做了什麼？

他已經不想追究，眼裡只有姜仲寒。

一切，在這一擊終結。

皇甫洛雲雙手握住刀柄，朝姜仲寒襲去，同樣地，姜仲寒的黑鐮朝皇甫洛雲的頭揮去，作勢要將他的性命收割。

金與黑的交錯，皇甫洛雲的臉頰被黑鐮劃過，而冥鐮尖端沒入姜仲寒的胸口。

姜仲寒悶哼一聲，握住黑鐮的力道沒有消退。

「死吧……」

皇甫洛雲發出嗚咽聲，眉頭皺緊，雙眼緊閉，冥鐮朝旁用力割下。而姜仲寒張起唇，感覺自己那逐漸流逝的溫度，張唇說道：

「皇甫……你真以為……我會讓你稱、稱心如意？」

絕不！絕對！

姜仲寒撐起雙眸，紅色瞳孔變得十分殷紅，他冷哼，要說自己執迷不悟嗎？不如說是他已經沒有什麼東西可以留戀，滿懷著報復的破壞心態，得來的下場卻是如此。

黃泉路上，總是也要拖一個人下去。

他，就是這樣的人。

姜仲寒用盡最後精神，怨氣、深淵、惡靈們凝聚，耀起那最後的燦爛光輝——

爆炸將所有的一切都銷毀，就連建築物也夷為平地。

還好他們挑選的地點杳無人煙，頂多是做一些記憶操控，讓這憑空消失的地方當作是施工中的用地。

誰會知道姜仲寒會來自爆這一招？

當那黑色的光芒消失，不論柳逢時、甄宓，還是文陸儀，皆在找皇甫洛雲的行蹤。

最後，他們是在遠處找到了皇甫洛雲，冥鐮揚起的虛弱金色光芒保護了皇甫洛雲，饒是如此，皇甫洛雲也受創頗深，如果沒有即時找到，只怕皇甫洛雲便會成為他們之中的第二號犧牲者。

皇甫洛雲醒來，幽幽看著遠處，不知道在想些什麼。在這起事件中他算是最大的苦主。蕭安聞的黑手身分讓他錯愕，姜仲寒清醒後的執迷不悟，以及自知蠱毒入侵性命攸關選擇死亡的劉昶瑾，皇甫洛雲失去的比誰都還要多。

「仲寒呢？」

皇甫洛雲醒來後，看到柳逢時如此問道。他的意識停留在姜仲寒那決絕的殷紅目光，以及那絢爛的光輝。

「沒有留下屍體給你。」柳逢時明白皇甫洛雲要的是明確的答案，而不是迂迴的回覆。所以，他還是說了，「當然，就連他的魂也是。」

壓縮這麼多「成分」，融入自己身體之中爆炸，姜仲寒本來就沒有想要活著，他也不是直接將那些東西放入身體而已，他是用自己的魂魄去凝聚，自然連自己的魂一併炸得精光。

皇甫洛雲沉默，他低頭看著自己醒來後，依然緊握沒有鬆開的手。他感覺手掌之中有個尖銳物，而他卻沒有因為這不適而鬆開手，反而越痛越是要抓得死緊。

他放鬆心情，催促自己將手張開，而手也像是收到他的命令，輕輕地張了開來。一塊小小結晶碎片出現在他的手中，那是靈魂的結晶碎片。也是他在那場爆炸之中無意識，也是唯一抓住的東西。

他默默的坐在床位上，不發一語，將這塊小小的結晶遞給了柳逢時。他不知道要怎麼處理，放在他這裡也只是隨著時間而消逝殆盡。

柳逢時走到皇甫洛雲身旁，想了一下，拍了拍他的肩膀道：「皇甫小弟，想哭就哭吧！我可不想被你爺爺抱怨說我只會欺負他的孫子，我會被他揍死的。」

看皇甫洛雲沒有反應，柳逢時搖頭，「你想知道劉昶瑾同學的下落？」對於劉昶瑾，柳逢時不相信皇甫洛雲不想知道。

皇甫洛雲身體僵了一下，答案讓他很滿意，柳逢時笑了一下，哼哼說道，「那個陰險小人搶了我的位置，現在能繼任的十王位置少了一個。」

柳逢時這話難得少了毒舌氣魄，皇甫洛雲聞言先是一愣，揣摩出柳逢時話中之意，唇抿緊最終還是朝柳逢時的身體靠去，發出幾不可聞的嗚咽聲。

終於……柳逢時無奈地拍著皇甫洛雲的背，這是真的結束了。

事件告了一個段落，皇甫洛雲也休息了很久，在這段期間他也沒有到柳分部工作報到。畢竟這起事件讓他傷的很重，不論是心靈還是身體，讓他顯得很疲憊。

就連他回到家之後，父母以為是他在工作上出了問題，周圍散發出讓人難以放心的氣息，他們想要關心，卻被皇甫洛雲回絕，畢竟他的工作內容都沒有與家人提過。

而他就算現在不提，過幾天家人也會知道。

因為姜仲寒註定是永遠的失蹤人口，而劉祖瑾還有屍身留下，只要劉祖瑾的家人發下訃文，家人一定會知道他會這麼低落的原因。

另外讓皇甫洛雲難以開心的一點是他的冥鐮停機了，文陸儀的生死簿亦是。不間斷的輸出冥器的力量，冥器也進入休養期。

所以他也不擔心自己會不會被抓去工作，皇甫洛雲沒有器具相助，冥使的工作也算是廢了，要做最少也要等到冥鐮恢復才可以進行。

「分部長，好久不見。」

休養了數個月，皇甫洛雲又重回柳分部，跟柳逢時打招呼。

「唷，狀況還好？」

皇甫洛雲在惡戰中，近距離地捲入爆炸之中，而這一炸，其實也有傷到皇甫洛雲的魂底，他在靜養的這段期間，幾乎都是以養魂為主，畢竟外表的傷好了，內在可還沒痊癒，更別說是他還需要心靈上的靜養。

「嗯，最近應該可以回來報到了，魂的傷好得差不多，冥鐮也恢復精神了呢！」皇甫洛雲說到這裡，左右張望道，「宓姐跟嗚呢？」

「宓兒回下界幫忙了。」柳逢時嘆氣道，「下界也損失慘重呀！還好三冥器打破深淵的時間快，不然我們進下界只怕會有更多的危險。」

「嗯，我們是打到一半先解除深淵呀！」還好那時決定這麼做，不然他們就真的是要收下界屍體了，畢竟他們一打完冥器全都停機，他也重傷未醒。

「分部長，嗚他去哪裡了？」皇甫洛雲又問。柳逢時沒有提到連殷嗚讓他感到怪異。

「嗚呀，他到處跑來跑去幫忙處理各分部的重建狀況。」柳逢時笑道，「果然如我所料，現在每個分部都很崇敬嗚呢！」

皇甫洛雲苦笑，沒想到這起事件還真讓連殷嗚變成大家器重的對象，畢竟他們忙於對付黑手，安頓其他冥使的工作也就落在連殷嗚身上。

想到自己苦不堪言，而連殷嗚是最大贏家，皇甫洛雲深深覺得上天作弄人，他只有苦頭吃，沒有甜頭呀！

「皇甫小弟，這就是人生呀！」皇甫洛雲臉上的複雜神情讓柳逢時大笑，「對嗚而言，這甜頭是地獄呀！」

「說的也是。」想著連殷鳴那性格，那些人如此推崇他，只怕連殷鳴不只想要躲人，還想要把那群人統統斃了。

「聽說，下界有意要讓鳴直接下去接管十王之位。」

柳逢時哀傷了，依照連殷鳴現在的職位，就算是要去地府繼任，理應是那判官職位。畢竟那起事件導致下界損失過大，位在陽間的冥使勢必要下去幾個。

若是下界非得要幾位冥使下去當判官協助，等到下界局勢穩了，他還可以去把人拐回來。

但十王……那就難了，想抓回來也抓不回來呀！

「哈哈，被人捷足先登了，分部長。」連殷鳴工作太亮眼，不只冥使，就連下界也認為連殷鳴在人間當冥使太浪費。「對了，分部長我想要跟你打探一個人。」

想到那個沒良心的傢伙一直不接通訊符，讓他很想要殺下去找人。

「說到這個，他要我轉達一句話。」柳逢時發出噗嗤笑聲，似乎忍了很久，「他說：『請幫我轉達皇甫一聲，我現在很忙請不要一直用通訊符吵我，等我忙完會聯絡他。』。皇甫小弟，看在他目前在第一殿忙死的分上，請等他聯絡你吧！」

皇甫洛雲大笑，看來劉昶瑾在下面依然性子不改。

「皇甫小弟，接下來你打算怎麼辦？」在這次大規模的事件裡，皇甫洛雲功不可沒，柳逢時誠心說道，「恭喜你，你的福報累積已經達到了離開標準，你要回去當你的學生過日常生活，還是繼續做這冥使工作？」

「我希望……這世間不會有像是仲寒這樣的人出現。」皇甫洛雲的眸中透出一絲不忍，直至今日，他還是沒有從那一天脫出，他還是需要很多時間撫平。

「這個願望，只能希望日後可以實現了吧？」柳逢時笑著說道。

「仲寒他……以後見不到了吧？」

想到那一縷魂魄幾乎灰飛煙滅，無法穩固，在姜仲寒死後，皇甫洛雲也將碎片交與柳逢時，但他沒有想到連殷鳴意外從柳逢時手中拿走碎片，好心地將他手裡的靈魂碎片穩固收起，來到他家，將碎片扔回給皇甫洛雲。

雖然那是姜仲寒部分善的一面，靈魂破碎除非用別的東西填補完成，否則送去轉世，只怕會禍害到出生人家，因為生出來的孩子是個殘缺之人。

皇甫洛雲想了一下，又問：「我可以把我的福報給他人嗎？」他記得，福報是人們靈魂的一部分，若是他的福報可以填補姜仲寒靈魂的殘缺，全都送出去又何妨？

柳逢時輕輕一笑，點頭說道，「以你的功績，我可以找熟人說說。」

「分部長，幫我這個忙吧！」皇甫洛雲拿出一個小巧的錦囊袋，裡面裝著的是姜仲寒的魂魄，他交給柳逢時，說道，「仲寒就交給你了。」

皇甫洛雲對柳逢時鞠躬，離開了柳分部。

然後，皇甫洛雲回到家，將那潛藏在心中的決定與家人全盤托出。家中客廳難得一見的家庭會議就此展開。

當皇甫洛雲說完，看著父親，認真說道：

「爸，家裡那些古董可以送我嗎？」

「你確定？」皇甫洛雲的父親也沒有阻攔，確定兒子是認真的，點頭道：「全部搬回去需要一點時間，我還記得那些東西擺放在那裡，這就交給我。」

「謝謝你，爸爸。」父親意外地沒有阻攔，還很認真地替他打點，皇甫洛雲突然覺得很窩心。

「好吧，既然這麼決定了，那裡也需要整理吧？」皇甫洛雲的母親起身，聳肩道：「最近有點無聊，古董店鑰匙給我，我去整理一下。」

「媽……」皇甫洛雲啞然，他可是抱著會被趕出家門的心情去說的呀！

「早在你說要接收你爺爺的古董店時，我們大概就猜到了。」皇甫洛雲的父親如是說：「只是你的書還是要唸完呀！知道嗎？」

「當然。」皇甫洛雲挑眉，大學的錢都花了，他是不會浪費的，既然決定要接管古董店，他還要兼修一些課程來面對日後的古董店工作。

「加油唷。」皇甫洛雲聽著父親說著，「既然決定了，就要堅持下去。敢放棄我一定會把你轟出家門。」

「不會的。」皇甫洛雲笑著回應。

這是他的決定，日後白天經營古董店，而晚上繼續做冥使的工作。他希望可以藉著這兩個工作，可以拯救更多的人。

皇甫洛雲和家人暢談之後，回到自己的房間，從窗戶遠眺外面，他的心情很好，接下來就是等待一切都步上軌道了吧！

聽說，那間店又重新開張了。

哪間店？

皇甫古董店呀！那個專門處理冥府業務的那間店，皇甫古董店倒了之後，人間再也沒有器具與新任冥使。那起事件過後，冥使數量銳減，但現在冥使數量又慢慢的回來了。

咦？那麼承接的人是誰？

好像是他的孫子，聽說他也是冥使，所以做這生意也沒有人反對，支持的還很多呢！

那個人呀，他叫啥呢？

皇甫洛雲，新任的皇甫古董店的主人。也是柳分部的分部長的新任副手之一唷！

——《備位冥使》全文完

番外・後日談

一日，皇甫洛雲來到柳分部，數個月沒來工作，他還挺擔心自己會被宰掉。

不料他甫一踏到柳分部，還挺平靜的跟柳逢時打招呼，去了一次之後，又回到每天到分部報到的狀況。

「分部長，其實有件事我還挺好奇的。」皇甫洛雲一派悠然，拉張椅子在柳逢時的辦公桌前面，趴在上面說著。

如果是以前，他還不太敢這麼做，事情發生多了，他膽子也大了！

「問吧。」柳逢時早知道皇甫洛雲是問題兒童，休養了這麼久，應該也把心底的疑問給憋壞了。

「嗚真的搞定這麼多間分部？」

這是皇甫洛雲的疑問，或許也是很多知曉連殷嗚性格，且不知道那一天發生什麼事之人的所有心聲。

「當然。」柳逢時笑道，「不然嗚怎麼這麼忙呢？」

柳逢時才剛拋出疑問，辦公室的大門「砰」地撞開。只見臉色鐵青的連殷嗚踏了進來，似乎正要火山爆發時，看到皇甫洛雲立刻消了下去。

「菜鳥，回來工作？」

「還在休息中，過著幾天應該可以回來工作。」

連殷嗚挑眉，看著皇甫洛雲坐著的地方，目光就停頓在那裡。皇甫洛雲愣了一下，先是抬手比連殷鳴，後指著自己的位置。

連殷鳴點頭，皇甫洛雲立刻站起，退到旁邊。隨即他便看到連殷鳴走了過去，唰地坐下，「柳，叫那群廢柴不要煩我。」

「抱歉，這我幫不上忙。」柳逢時勾唇一笑，對於連殷鳴的要求，他幫不上忙。

連殷鳴聞言，臉色變得更加難看。

「個人造業個人擔呀，鳴。」

「鳴，他們為什麼會一直叫你過去幫忙？那天到底發生什麼事？」皇甫洛雲用那好學的心態，等候連殷鳴的回答。

只見連殷鳴抬起眼，勾唇冷哼，「只是覺得是一群廢物而已。」

柳分部那時幾乎在唱空城，唯有連殷鳴一人挑大梁。

那時紛亂之中，許多分部幾乎都炸鍋了，不論是分部長還是冥使們，都滿心幹意，想要把那幕後主使者抓出來鞭屍……當然，人那時候還沒死，還在到處攻破各分部。

當然主使死了，這群冥使被弄到灰頭土臉，深深覺得顏面丟到了國外也撿不回來，沒屍體可鞭，鞭魂可以吧？

只是那時姜仲寒打定主意要人死，還要死得乾乾淨淨，就連姜仲寒自己亦是。結果事件是結束了，但其他受災戶心情可悶了呀！

連殷鳴看了柳逢時和皇甫洛雲一眼，對他說：「想知道？」

皇甫洛雲用力點頭。知道，他當然想知道，他對連殷鳴的認知可是停頓在頭腦簡單四肢發達的行動派呀！

「呵。」連殷鳴輕輕地吐出笑音，冷然道：「真當我頭腦簡單？」

皇甫洛雲乾笑，被看穿心思了呀！

連殷鳴賞了皇甫洛雲一記白眼，微微聳肩，將那些過程一五一十地說出。

蕭安聞那時攻破了各分部，將分部戒珠與器具全數敲碎，也將阻擋他的冥使統統打殘。不讓冥使有追他以及消除怨氣的打算。

也有分部因為強烈抵抗而滅團，那時人間混亂，分部也混亂，下界也杳無音訊，各分部都炸了鍋一樣十分地急。

想想人家都來踹門了，外面的怨氣多得要死，清都清不完，重傷的人還比沒傷的人多，好在蕭安聞只有一個，他再怎麼厲害也不能搞出一堆分身去大肆破壞，能多阻止一個分部滅掉，他們當然也要阻止，於是到處聯繫看看哪裡的冥使分部沒事？哪裡的冥使有重傷，請他們告訴自己分部狀況，看是要有人去幫忙，還是要對付外面的怨氣以及揪出主使者。

豈知，所有人聯繫到柳分部時，全都吃上了一記硬釘子。

「……你們全都腦袋進水了嗎？需要為了這些事而吵嗎？」

冥鏡傳達出來的訊息讓各分部的分部長們傻眼，柳分部不是柳逢時的嗎？什麼時候輪到連殷鳴說話？

想當然爾，有人抗議了，立刻被連殷鳴罵成臭頭且無法回嘴反抗。

「說到底，你們全都幫不上忙呀！不過你們不用擔心，柳他們自己會幫你們處理蕭安聞，你們可以先著重在怨氣以及傷者上面。」

連殷鳴其實也很想要殺過去甩這群人好幾個巴掌，但柳逢時耳提面命，就是要他注意各分部聯繫狀況。

他心知怨氣的危害，若是再放縱下去，只怕柳逢時他們將黑手處理完了，人間也化作煉獄無法修復。

既然連殷鳴是代理的分部長，他也很乾脆地指揮著冥使們——包含分部長，一小部分的冥使去援救傷者，另外一部分的人去淨化外面的怨氣，分部長階級的冥使繼續跟下界聯繫，不能中斷。

當然，連殷鳴也擔憂自己的爛名聲會讓不知情的冥使不悅，便要那些分部長保密，當成自己的命令傳下去。

而結果自然是好的，有條理的工作任務一出，不論是哪些方面，成果都是好的。連殷鳴也很滿意，反正柳逢時回來之後，他也可以將這些麻煩事推回到柳逢時的身上。

解說完畢，連殷鳴心底頗有微詞，「這些不是一般正常程序？有必要這麼複雜嗎？」

連殷鳴皺眉，瞥向柳逢時，「只是難得認真分析了一回，那些人都客客氣氣的，害我想打他們也打不下手，累死了。」

事情結束之後，各分部的分部長紛紛來柳分部表達各種感謝之意，只是他們沒有遇上皇甫洛雲，只因為皇甫洛雲重傷休養，柳逢時也只代皇甫洛雲接受他們的感謝。

另外則是以前柳分部最常遇到的就是針對甄宓的各方挖角，而現在則是連殷鳴。

連殷鳴脾氣壞？不不不——其實那也只是就事論事而已。遇上一場大事，對於連殷鳴有條理的指揮調度讓那些分部長們心悅誠服。

這也難怪當時連殷分部發生那起事件，柳逢時也要收留連殷鳴，這些分部長們扼腕至極，瞧連殷鳴一人也能夠頂替一名分部長指揮，這樣能文能武的人手他們也想要呀！

「鳴還真的人氣驚人呀！」一起事件可以讓人改觀如斯，皇甫洛雲也詫異不已。

「皇甫小弟你也是呀！」柳逢時搖頭道，「雖然我想要找時間調侃你，現在說也是可以，你要知道你在整體事件裡，也是功不可沒，你這冥鐮主人的身分揭露，很多人都想要搶你去他那裡工作。」

「我簽不能換分部的條款呀！」皇甫洛雲無奈道，「分部長你沒說嗎？」

大戰結束後，文家持有生死簿、皇甫洛雲擁有冥鐮的消息便如潮水一般地湧出，現在搞得人盡皆知，連一些有腦袋的怨氣惡靈都不敢靠近皇甫洛雲，深怕被他的冥鐮收割。

也因為如此，下界便要柳逢時綁住皇甫洛雲，不能讓他去別的分部。一是皇甫洛雲是柳逢時發現的，柳逢時的為人下界都很清楚，所以也不用擔心柳逢時會做什麼手腳。

二是，如果柳逢時因為其他因素，將皇甫洛雲用高代價的方式轉到他處，對下界而言也是棘手，只能杜絕這樣的事發生。

皇甫洛雲對於自己不能轉讓去他處，他倒是挺安心的，畢竟他也習慣柳逢時這裡的工作模式，若是強制換了一種，只怕他不習慣。

「雖然目前是這樣，但下界怕節外生枝，等到事情告一段落，他們會動手腳讓大家自然遺忘你持有著冥鐮。」

「這樣也好。」皇甫洛雲點頭，由於現在知情的人多，對於哪些想要看冥鐮長啥樣的好奇冥使，皇甫洛雲也很頭痛。

「嗚，你回來這裡，是外面那些分部的事情處理得差不多了？」柳逢時笑看雙手抱胸，緊閉雙眼，似乎很氣惱那些分部事的連殷鳴。

「差不多了，而且你現在問也問晚了吧？柳。」連殷鳴雙眼睜開，哼哼說道，「基本上已經沒有什麼大礙，如果他們再叫我去，我會斃了他們。」

連殷鳴不喜歡身後有人跟著，每次去其他家分部，看著圍著自己的人，他只覺得煩躁。

「他們也有給你好處呀！」柳逢時笑笑地說。

看連殷鳴每次回去不是扔符咒，就是扔一些不錯的東西，柳逢時當分部長這麼久，都還沒有人願意這樣「上貢」他呢！

「你要可以送你。」連殷鳴對這些東西毫無興趣，若是收了，以後他們想要他做啥，他也不好拒絕。

柳逢時心知連殷鳴立場上的問題，但連殷鳴不收，他柳逢時會收，更別說是皇甫洛雲能好這麼快，也得感謝其他分部送給連殷鳴的東西。

他們或許知道連殷鳴不會收，再加上以事件而言，功不可沒的皇甫洛雲重傷，他們有什麼不錯的養傷好物，也一併塞給了連殷鳴一同帶回。

「最近怨氣的數量回到正常值了。」連殷鳴說。

最近一直在各分部往返，他們的任務量他也很清楚。

「嗯，我也幾乎沒遇到。」重傷的時段，他的冥器處於停機狀態，遇上怨氣他也只能用符籙自保。

難得當上了一回救世主，皇甫洛雲心情卻很複雜。

「對了，皇甫小弟你在處理的那件『工作』如何了呢？」莫名地，柳逢時岔開了話題，只因為有關於連殷鳴的話題也該到此結束。

柳逢時這席話，換來了皇甫洛雲的沉默。

等、等等等等一下呀！柳逢時怎麼會知道他這個計畫呢？

「重啟皇甫古董店是不錯的選擇，你這個想法也不錯。而剛好現在冥使人手是確定不足的，如果古董店再起，相信有很多以前跟皇甫秋清有關連的客戶都會回流。」

「……他們是人嗎？」皇甫洛雲頓了一下。

「嗳，這問題問得有些可愛，當然不是啦！」柳逢時笑著回應。

皇甫洛雲眼神瞬間死了泰半，好吧，既然是有關於冥府生意，能夠進出古董店的買賣家當然也不是一般人。

「你要經營古董店？」連殷鳴淡淡地瞟了皇甫洛雲一點，說道：「別忘了你的福報送人了，沒有籌碼回歸日常。就算你要開古董店，冥使的工作也不能拖。」

言下之意，如果皇甫洛雲敢拖了他的工作，他會宰了他。

「我知道啦！」皇甫洛雲乾笑道，「我是想了很久才這麼決定的呀！」

古董店、冥使工作對於現在的他而言是缺一不可。

「對了，鳴。」提到了冥使工作，柳逢時想起了一件事。

「說吧。」

「下界傳了一分公文上來，要你下去。」

柳逢時甫一說完，連殷鳴露出詫異神色，「……冥府想怎樣？」

「好事。」柳逢時笑著說道。

皇甫洛雲聽著柳逢時與連殷鳴的對話，想起先前柳逢時對他說過的話語，「鳴要接任十王之位？什麼時候？」

如果連殷鳴要去，他也要去送送他。畢竟連殷鳴對他而言是在柳分部的前輩，也因為他，皇甫洛雲懂了很多事。

「十王？柳你在開玩笑嗎？」

聽連殷鳴的說話口吻，皇甫洛雲便知道連殷鳴根本不曉得這件事。看來柳逢時打算瞞到無法隱瞞的時候才會告知連殷鳴吧！

「沒騙你。」柳逢時說，「先前第十殿的轉輪王失蹤，由判官代理，而位置等候我們這群分部長出線接任。當時負責代理的判官十分優秀，十王之位暫時空著也沒有多大問題。」

連殷鳴挑眉，這麼私密的情報，應該是甄宓透露的？

「但因為先前的深淵，判官重傷，無法兼顧十王的代理工作。」

「所以？」連殷鳴大概知道柳逢時要說出怎樣的結論。

「下界看你在人間處理與調度，覺得你可以勝任第十殿的工作。」柳逢時說出結論，並補充，「看看時間……也應該是現在了。」他拿出抽屜的冥鏡，鏡面的血色字跡讓柳逢時更加確定。

「……這位置每個人都可以坐，何必找我？」連殷鳴差點無言以對。

柳逢時聞言，笑著說道，「嗚，現在幾乎所有分部對你馬首是瞻，他們對你崇拜得很，光憑這點，下界對你的評鑑也該是最高等。畢竟你以前也是當過分部長，如果你認為部員不能當十王，我想你應該也想太多。」

連殷鳴半瞇著眼沉思，關於十王位置當初他如果真的想要，他也不會這麼乾脆地拋下連殷分部。

他拋棄過分部、毀壞過自己的器具，就算那時候兵荒馬亂的，下界沒空處理，而現在也該會有人認真調查他以前的經歷吧！

「嗚，會要你當那第十殿的王，也是有原因的。」

「說吧。」

狗嘴吐不出象牙，連殷鳴倒是想要聽聽下界讓他接管的原因。

「第一殿的秦廣王回來了。原本的王被打回後備接管劉分部。」

柳逢時沒有指名道姓，但這說法每個人都知道柳逢時在說誰。

皇甫洛雲忍不住望天，他這朋友是不擔心別人對他的仇恨值上升嗎？都已經有蕭安聞這個案例了，劉袓瑾能不能安分一點！

「劉袓瑾說了什麼？」連殷鳴臉色霎時沉下，思考等等要不要去下界打人。

柳逢時正要說時，忍不住噗哧一笑道，「很有他的個性，他是說，先前第十殿的王鬧出這麼大的事端，第十殿的工作一定會接觸到轉生臺，如果要找一名合適的人選，那就找連殷鳴吧！」

皇甫洛雲聽完這席話，也忍不住笑了出來。

他這朋友還真的把連殷鳴給賣了呀！

一句話，讓其他的十殿之王認同點頭，畢竟劉袒瑾的前世對冥府影響大，他歸來後，若是有提議的人選，別人也不敢說不。

「嗚，你辛苦了。」

柳逢時嘻笑說著，連殷鳴只有滿懷著想要殺了劉袒瑾的衝動。

「我離開之後，這裡又恢復原狀的話，跟我說一聲。」

連殷鳴在各分部遊走處理各地方狀況也不是處理假的，以前冥使分部都有地盤之分，地域之別，現在他到處踩踏，只要是誰有這樣的觀念，無疑會被他揍。

畢竟連殷鳴是柳分部員工，他去別的分部協助等同於去他人的地盤插手管事。若是有人這麼不識相的亂叫，無疑也是在賞連殷鳴一個巴掌，也因為如此，事件過後，就不再傳出搶地盤之類的紛爭。

「嗯，你去吧。」柳逢時揮手，送別連殷鳴。

連殷鳴聳肩，有些無奈，「欸，看在認識這麼久的分上，不能說一聲『再見』嗎？」

柳逢時輕笑一聲，改口道，「嗚，再見。」

「我會再回來。」連殷鳴擺手，他的身前出現一個黑色通道，那是通往冥府的大門。

皇甫洛雲看著連殷鳴進入，心底有許多的感觸。

「好了，皇甫小弟。」柳逢時笑道，「你的任務，可以開始了嗎？」

「當然可以。」皇甫洛雲點頭。

皇甫洛雲將新接手的任務處理完畢，在回家之前，他還想要先晃去古董店看看。他並沒有直接來到古董店之前，反而是在十幾個街區之外的地方出現。

他想要到處逛逛，重新瞭解一下環境。

只是他走在路上，偶爾可以看到一些人對他鞠躬，好像認識他，但皇甫洛雲一個人都不認識。

這些人都是冥使吧？

在他受傷期間，去學校時總是會遇上一兩個對他恭敬點頭的人，有時去市場買東西還會有人自動幫他打折，讓皇甫洛雲感到受寵若驚。

他漫步在街道上，看著那昏黃的天際，想著他當上冥使而後的過程，忍不住笑了出聲。只是以前願意聽著他經歷的那個人已經不在了，就連曾經以為最好的朋友，最後也是那樣的收場。

他走著走著，突然想起了一件事。

甄宓和連殷鳴去了地府，劉袓瑾亦是，那麼，文陸儀呢？

重傷的這段期間還有與文陸儀聯繫，她貌似還留在劉分部。只是劉分部的分部長換人了，皇甫洛雲很擔心文陸儀會不會被欺負。

畢竟她是被神使照顧大的人，冥使絕大部分都很厭惡神使，劉祖瑾那邊該說是有劉祖瑾在保文陸儀，不然就算她有生死簿，也不會有人想要接下這個燙手山芋。

剛好，皇甫洛雲走到古董店的門口，只是他正要拿出鑰匙，卻發現裡面燈是亮著的。裡面有人？又會是誰？

皇甫洛雲將鑰匙收起，左手花印記亮起白光，下一秒，他出現在古董店的店內。只是看著坐在裡面的人，皇甫洛雲先是一愣，後立刻撲了過去。

「阿祖！」

還沒碰到人，他的臉頰就被劉祖瑾的手抵住，並朝旁推去，「少來。」

聽著劉祖瑾這句話，皇甫洛雲無辜道：「阿祖，我很想你耶！」

「想我自己下來找。」

皇甫洛雲抱怨道：「可是你跟分部長說你要忙完才會跟我聯絡呀！」

「因為我很忙。」

劉祖瑾說得淡然，其實他去下界重新回到他原先的職務時，心底真的有想要把十殿的王們統統揍上一輪。

他看著站在身旁的皇甫洛雲，指著自己前面說道，「坐著聊，你站著我的壓力很大。」

「少來。」皇甫洛雲笑罵道，「都已經死了還會壓力大？」

「正因為死了才更有壓力呀！」劉昶瑾聳肩道，「下去之後都是面對幽靈鬼魂的，活人很少見。」

「你這個偷懶上來休息的傢伙，看你這麼有精神，我就放心了。」這是皇甫洛雲的肺腑之言，他感慨道，「你爸爸很淡定，似乎早就知道你因何而死，只是其他人就不一樣了。」

「我爸算準我活不到十九。」劉昶瑾將他潛藏在心底的祕密說出，「其實早在你成為冥使後，我就該下去了。」

「為什麼不去？」皇甫洛雲問。

「放不下你跟仲寒，而之後又多了陸儀。」

「說到陸儀，她之後要怎麼辦？」皇甫洛雲問道。

「跟我。」劉昶瑾說，「我剛才也說過我放不下陸儀。畢竟神使用那樣的方式要我顧著陸儀，如果我將她一個人留在那裡，神使會殺了我吧！」

「所以陸儀她會……」

皇甫洛雲說不出最後幾個字，劉昶瑾在下界工作，若是要文陸儀跟著過去，無疑是要她死。

「想太多。」劉昶瑾說，「只是後備的準判官變正位而已。她的陽壽未盡，不能亂搞。」

皇甫洛雲聞言，笑出聲來，劉昶瑾說得也沒錯。

「仲寒的事，還可以嗎？」皇甫洛雲最大的掛念就是這個了。

「搞定了。」劉昶瑾淡淡道，「我推舉連殷鳴入主第十殿的原因你不也知道？」

「鳴不會因為是熟人而放水呀！」皇甫洛雲苦笑。

劉昶瑾說：「我知道，但也是機會不是嗎？他願意幫你穩固仲寒的靈魂碎片，也知道你將福報全數送給了他。他既然願意接管第十殿，這水也一定會放下去。」

「是嗎？」皇甫洛雲乾笑，想了一下，嘆氣道，「好吧，就當作自我安慰，認定鳴一定會這麼做吧！」

劉昶瑾聞言，露出一抹笑，「嗯，就是這樣。」

「阿昶，有空來古董店坐坐吧？」皇甫洛雲沒頭沒腦地拋下這席話。

「可以。」劉昶瑾點頭，隨即起身，「我要回去了，下次見。」

「嗯，下次見。」

眨眼間，劉昶瑾在他的眼前消失，皇甫洛雲看著回歸寧靜的古董店，張望著附近。

唇勾起，像是心情很好似地，起身自語，「來整理店裡吧！」

他記得爺爺說過，他很喜歡紀錄著他去過的每一個地方，漂亮的山景，碧綠的湖水，雲海深處的曙光，爺爺都全部看過。

皇甫洛雲要找出那本紀錄本，畢竟古董店開張也是需要一段時間準備，而古董店的經營也要等到他畢業之後才會進行，剛好在這段期間去尋找其他地方有沒有器具的存在，然後將器具帶入古董店。

找尋器具，就從旅行開始吧！

皇甫洛雲揚起一抹笑意，接下來的日子一定很精彩豐富呀！

——番外・後日談　完

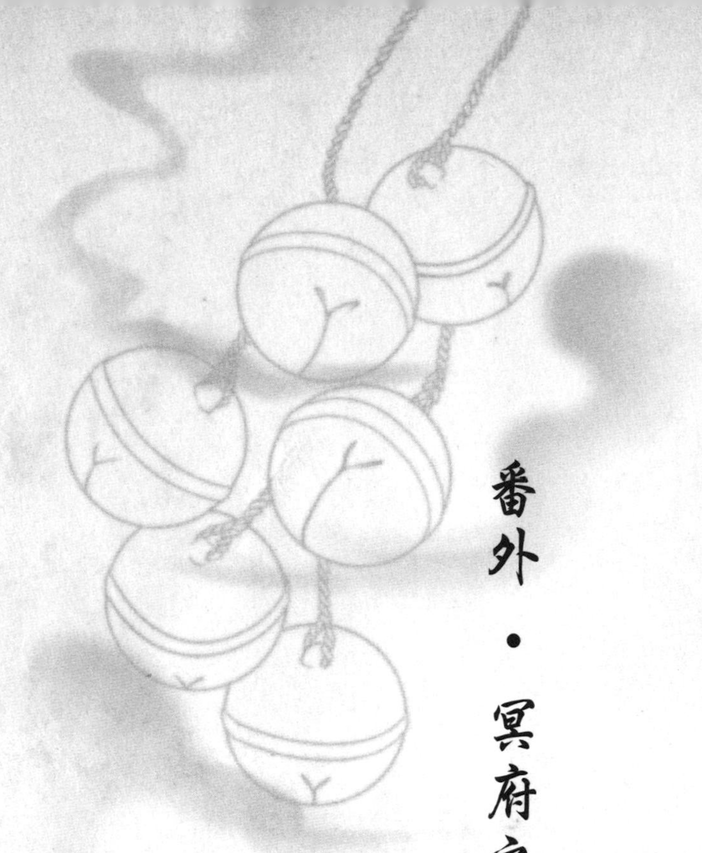

番外・冥府之中

陰間有個人人都知道的傳說，那即是陰間陽盛陰衰，男性人口過多的意思。畢竟地府是死者駐留之地，有些人死前的感受過於強烈，死後下地府保留了死前原樣，需要在地府沉澱或是拋棄過往輪迴轉生才會消失。

再者，陰間本屬怨氣橫生，陰氣瀰漫之地，很多人不願在此逗留，逗留者不是無法離開之人，就是地府官員。

也或許地府本身就是這般混亂模樣，反而男性的比例往往都比女性高，這並非是地府有重男輕女的觀念，而是女性不願意長留於此，留在此地的，不是怪胎，就是判官。

怪胎就是在奈何橋的孟婆，至今無人敢惹惱她，若是惹得孟婆不開心，被踢入忘川裡，可不是要人撈就能夠撈起來。

至於判官，聽說地府十八位判官裡，有一位美豔無雙的女子，許多魂看到她雙眼不自覺地被吸引，忘記自己是個已死之身，只想要與她搭訕，如果可以拐到這麼美麗的妹子，地府再怎麼陰晦，也是人間天堂。

但這位美麗的女子卻心繫他人，所有與她告白的無一不踢到大鐵板，也是會有屢戰屢敗也要想辦法追到手的勇者，但只要告白次數超過三次，那個人一定隔一天被發現沉在忘川裡被孟婆撈上來。

一次可以當作是碰巧，兩次可以當作是意外，三次甚至到了四次……湊巧也說不過去了，這已經算是到了刻意的層級了。

之後，那位美豔的判官很多人只能當作可遠觀不可褻玩焉的對象，靠近談公事倒也可以，想要有更進一步的人際關係絕對不可能。

唯獨一人——

「啊啊！為什麼柳逢時可以撈盡好處！」

這是所有冥府官員的心聲，他們也想要滋潤身心，偏偏這位美麗的判官甄宓只喜歡一人，更讓這些地府人憤恨的，這樣的好處他們是可遇不可求，如果這件好康事降臨到自己身上，一定把她捧在手中，小心呵護，不會讓她受到任何的委屈，可柳逢時卻不是這麼做。

這些人會有這麼大的共同心聲，主因在於甄宓本為冥界判官，要甄宓去陽間當冥使的是柳逢時，甄宓也去了，這對其他人而言無疑是個大打擊，這樣分明就是在宣告柳逢時追走了甄宓云云，但不知道是柳逢時追到手，就本性露出來，三不五時地要甄宓下來冥府。

這讓那些人更是對柳逢時氣得牙癢癢，殺心四起。

最近冥府又多了一位可愛的女孩，那是冥府大亂，平定之後出現的。這是跟甄宓不同類型，是位看起來害羞怕生，讓人不自覺起了保護念頭的女孩。

但很可惜，這樣可愛的女生卻只出沒在第一殿，隨著第一殿的王跟進跟出，完全不敢跟其他人接觸。

這讓其他冥府員工差點淚奔，冥府局勢混亂，連在陽間當冥使的甄宓也回來了，冥府也多了一位新的可愛判官，但依然只能當觀賞物呀！

「唔嗯……謝謝。」

文陸儀略微害怕地注視周圍，小聲地與甄宓道謝。初入冥府被一群人注視，文陸儀顯得有些害怕，一到第一殿就立刻躲了進去。

「還好啦，妳不用注意那些目光，這些人就是膽小如鼠，只敢在後面偷看而已。」甄宓冷哼，抬手拿起茶杯啜飲一口。

文陸儀縮了縮脖子，看著自己所待的地方，這裡是第一殿旁外的露天休息室。這也算是一種另類的接待場所，她放眼望去，可以看到很多冥界官員在這裡互相討論要務，說到激動處還會上演翻桌戲碼。

只是文陸儀跟甄宓一來到休息室，就發現周圍安靜得令人可怕，而感覺有很多視線注視著自己，讓她無法鎮定。

「如果妳擔心，我不介意去第五殿把妳的親戚拎過來。」甄宓輕鬆說著。

給予文陸儀生死簿的判官目前在第五殿工作，原本文陸儀應該要接任第五殿判官位置，但因為她怕生的關係，所以暫時留在劉昶瑾所在的第一殿。也因為這個原因，甄宓也只好去第五殿幫忙。

但因為這件事流傳出去，可能會引發第五殿和第一殿之間的嫌隙，詳情自然也沒有流傳出去，就當作文陸儀因為是生者緣故，跟她本來熟識的上司一起行動，順便摸熟下界的工作流程，等到文陸儀歸位時，再回到第五殿接現任判官之位。

「不、不用！」文陸儀緊張晃手，她不希望這麼麻煩人家。慌亂過後，文陸儀小聲道，「我一定要留在這裡嗎？」

想著以前是在晚上是在劉分部工作，而現在是在地府，這樣下去遲早她會永遠留在下界吧？

「嗯哼，覺得下面太陰沉？」

甄宓可以理解，畢竟文陸儀還是活人，陽間和陰間的怨氣量本來就是陰間為多。不然也不會需要冥鐮持有者除怨，或是之後的冥使制度改在陽間先行處理怨氣。

主因在於，陰間的怨氣量真的太多了。

「……不是，是還沒找到他們呀。」文陸儀發出蚊蚋般的嗓音，目前她人在地府，也不敢直接指名道姓地說出是誰。

甄宓聞言，忍不住嘆了口長氣，「能遇到就是緣分，沒遇到就是沒緣，早點看開吧！畢竟，他們是『那邊』的人，而妳只是一般人，更別說是死後會是地府的判官。」

「妳跟柳分部長關係很好不是嗎？」文陸儀又小聲地說。她還以為甄宓懂她的心情。

甄宓聞言，又嘆氣，她怎麼不懂文陸儀的意思呢？

「我跟柳的關係很複雜，不是三言兩語就能夠說清的。」

文陸儀聽到這裡，抬頭問道：「不能現在說嗎？」畢竟她們現在在外面聊天，時間上應該很寬裕。

這下子，換甄宓尷尬了，解釋呀……文陸儀是沒注意到這裡是露天的休息室，而附近有很多耳朵嗎？

「好、好吧。」看文陸儀一臉期待，她想拒絕，卻覺得不說反而更詭異，正當甄宓話才剛起了頭，她突然皺眉，摸索口袋，拿出通訊符，眉頭上挑唇角揚起一抹笑。

嘿嘿，她得救了！

「我先送妳回第一殿吧！柳找我。」

說完，甄宓立刻起身，對文陸儀招手，便將人送回第一殿。而周圍瞬間傳來無數個哀號聲。

那些豎起耳朵偷聽的官員們可是期待甄宓解釋過程等很久了呀！所有親自問甄宓原因的都被沉河，無人敢問。見甄宓拉著文陸儀離開，所有人很想要跪求兩位留下，但看甄宓這看似無意霎似有意的眼神，所有人暗自咳嗽，回去弄自己的事物。

看來，甄宓跟柳逢時是怎麼搭上邊的……還是先別想了吧！

這是所有冥界官員的共同心聲。

——番外 • 冥府之中 完

後記

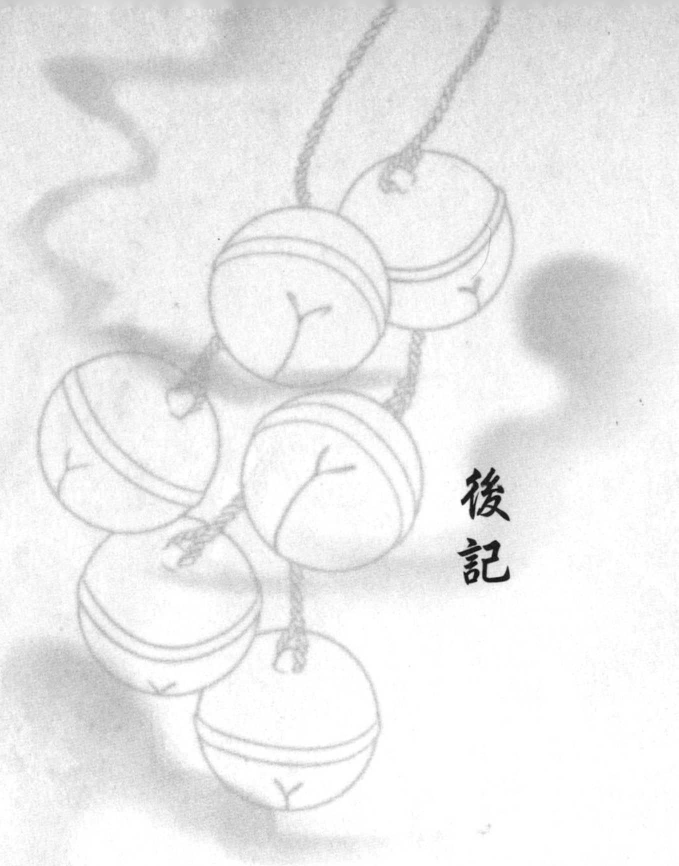

《備位冥使》在此告一段落，感謝各位小讀者的青睞，陪著餅乾看到最後一本。

再次感謝編輯和可愛的畫家LASI。編輯瓜瓜幫了我不少忙，《冥使》得以完成真的超感激的。也感謝畫家大人的美美人設，我現在最心儀的對象是那美麗的連美人。（被嗚槍斃）

《備位冥使》可能有點因果輪迴的走向，跟以前餅乾所寫的故事走向有些不同，所以常常過著腦死人生。

結束了，本回後記也不劇透，想先看後記的讀者大人也可以直接服用，餅乾這回來說說餅乾對幾個人物的感想。

關於主角皇甫洛雲：其實我很少寫如此平凡的角色，懂餅乾的人應該知道餅乾喜歡強力的角色，就算弱也要放個外掛，只是這回皇甫小弟沒有外掛，他整個人生都是正常無比的正常人呀！有時候我還懷疑我要寫的主角應該是阿祖吧！（謎音：你說出心聲了）

姜仲寒：其實這位大哥的設定是有考察的（？），工作的地點畢竟是（消音）所以每一年都會看到類似這樣的人，而且還跟我很熟。這算是現實的投影吧！我不討厭大哥流氓的角色唷！而且這年頭流氓真的很會念書唷！

柳逢時：腹黑總是笑裡藏刀的角色往往都是我的最愛，餅乾的故事裡一定都會有這樣的角色呢！

甄宓：甄宓姐姐因為劇情關係，戲分有點少。關於她跟柳逢時有很多個故事，只可惜沒地方寫。（要想柳身邊有一個無怨無悔的女人願意跟著，這本身就很怪異呀！）

連殷鳴：我的連美人！（槍斃拖走）咳、嗯……鳴這角色也是餅乾想寫的人物之一，有看過餅乾另外一個作品的人應該懂，不過鳴是行動派，要打要踹先動手再說。

另外偷偷透露，鳴的腦子等級可以直逼柳逢時那愛算計的腦袋，畢竟鳴也當過分部長，在加上個性使然，很多人還以為他只是肌肉發達會打人的傢伙，其實鳴如果決定認真動腦，餅乾相信他的行動力鐵定會超過柳！只是這樣一來，柳分部不就是被智囊團制霸了？（餅乾驚恐）

劉昶瑾：我妹表示「阿昶我老婆！」↑看我妹這模樣，就知道她對阿昶有多愛。（怎麼突然說起妹來了！），其實阿昶的個性有點餅乾自己的投影，餅乾寫他寫得很開心也是這原因。只是餅乾沒有阿昶這麼神祕呀！

蕭安聞：最後來說說最後大BOSS，其實餅乾覺得他很可憐的說，什麼都要比，最後也發揮報復社會的中二精神，其實這樣的人活著很累呀！算計到頭，全部皆空。

其實《備位冥使》讓餅乾寫得很有感觸，其實有些是餅乾遇過的事情，然後就偷偷地偷渡到故事裡。

另外有關於結局，其實從第一集也在暗示過了，而這結局應該也不意外？

由於《冥使》單跑主線，其實也讓餅乾蠻猶豫的，畢竟有些故事無法說清，有些人的事情也無法詳盡，等餅乾有空的話，應該會補足一些人的故事吧？

至於該補足的部分……說好後記不劇透，也不在此詳盡了吧！

最後，感謝大家購買或是在租書店租書，抑或是跟親好友借書的讀者們拿起《冥使》04觀看，感謝大家陪餅乾度過這最後一集。大家對於冥使有啥感想，請至餅乾的出沒地留言吧！

DARK櫻薰

部落格：http://wingdark.pixnet.net/blog

噗浪（PLURK）：http://www.plurk.com/wingdarks

餅乾粉絲團：https://www.facebook.com/wingsdarks?ref=hl

高寶書版集團
gobooks.com.tw

輕世代 FW075
備位冥使04因果輪迴

作　　者　DARK櫻薰
繪　　者　LASI
編　　輯　許佳文
校　　對　張心怡、王藝婷、謝夢慈
美術編輯　陸聖欣
排　　版　彭立瑋
出　　版　英屬維京群島商高寶國際有限公司臺灣分公司
　　　　　Global Group Holdings， Ltd.
地　　址　臺北市內湖區洲子街88號3樓
網　　址　gobooks.com.tw
電　　話　(02) 27992788
電　　郵　readers@gobooks.com.tw（讀者服務部）
　　　　　pr@gobooks.com.tw（公關諮詢部）
傳　　真　出版部　(02) 27990909　行銷部 (02) 27993088
郵政劃撥　19394552
戶　　名　英屬維京群島商高寶國際有限公司臺灣分公司
發　　行　希代多媒體書版股份有限公司/Printed in Taiwan
初版日期　2014年3月

國家圖書館出版品預行編目(CIP)資料

備位冥使. 4, 因果輪迴 / DARK櫻薰著. -- 初版.
-- 臺北市 ： 高寶國際， 2014.03-
面； 公分. --
ISBN 978-986-185-961-3(平裝). --

857.7　　　　　　　　102027568

三日月

三日月